惡魔高校
DxD
9 教學旅行是萬魔殿

「好……先從……接吻開始吧？」
……嗚嗚，不知為何，
我今天覺得
潔諾薇亞的嘴唇
看起來好撩人。
有一部分大概是

「咦！潔諾薇亞，已經要接吻了嗎？」
因為剛才跟愛西亞親過了，還很興奮的關係吧？

「——召喚（summon）！胸部——！」
魔法陣發出光芒！
要呼喚出來了嗎！
難、難道真的會召喚出
我在腦中想的那個人——

惡魔高校D×D

教學旅行是萬魔殿

9

石踏一榮
ICHIEI ISHIBUMI

Kadokawa Fantastic Novels

彩頁・內文插圖／みやま零

目錄

惡魔和墮天使和龍——都是人類的敵人。這可是常識。
而你——同時是惡魔和龍。只會給人類帶來威脅。

Life.0

「一誠……我想要，你……」

就在教學旅行即將來臨的某天晚上。

放下頭髮的朱乃學姊正在接近躺在床上的我！

她身上穿著單薄的夏季和服，但是凌亂的衣襟露出肩膀白皙的肌膚。話說已經開到胸、胸部附近了……

「咕嚕。」

害我一面緊張得吞口水，一面忍不住緊盯不整的夏季和服下方若隱若現的粉紅色物體。

朱乃學姊帶著豔麗的表情，以爬行的姿勢一點一點靠近！

她每動一下，胸部便為之晃動，形成足以令人落淚的光景！

「……一誠不久之後就要拋下我去京都了……」

朱乃學姊以傷心的聲音開口，同時雙手環抱我的脖子，順勢將她柔軟又滑嫩的身體緊緊貼在我身上————！

「別、別這麼說嘛，朱乃學姊，只不過才四天三夜，我們很快就可以見面了。」

我以分岔的聲音如此回答，但是老實說，朱乃學姊身體的觸感讓我逐漸失去理智。

她身上的夏季和服幾乎已經完全敞開，整個人呈現近乎全裸的狀態！

我的鼻血不住流出……

朱、朱乃學姊潤澤的黑髮散發香甜的氣味……身體也有點熱，大概是剛洗好澡吧。

朱乃學姊在我懷裡以快哭出來的聲音開口：

「……中間有整整兩天的時間，你都不在喔……？我搞不好會寂寞而死……」

到底是怎麼了……自從對上洛基之後，與我獨處的朱乃學姊越來越愛撒嬌了。我在客廳看電視時，她會貼著我坐下，把頭靠在我的肩上；如果她約我一起去逛街時我回答「現在剛好有點事……」就會嘟起嘴巴露出不開心的表情，模樣可愛極了。接著要是我讓步改口「我去。」便會展現萌死人不償命的可愛笑容。

感覺起來根本就是和我同年，甚至比我小的女孩子，聲音和態度都很可愛。

她的可愛大姊姊度時常比社長更高。在學校裡依然和以前一樣，表現得像個大姊姊，在我面前卻是……

社長和朱乃學姊一定偷偷學了什麼專門萌殺我的招數！

朱乃學姊把手疊在我的手上，與我十指緊扣：

「所以，我要趁現在找你補充四天三夜的份。」

「補、補充……？」

在腦髓近乎沸騰的狀態，我好不容易才能反問。能夠被這麼可愛的朱乃學姊進攻，要我今天就死也可以……

「沒錯，補充。我要觸摸一誠的肌膚，體會一誠的觸摸，感受你的男性雄風，體驗我身為女性的自覺。」

過度刺激的話語讓我噴出鼻血！不行不行！她可是值得尊敬的學姊！再怎麼可愛、再怎麼看起來比我小，都不可以忘記敬意！

「我、我只是個學弟……」

「……至少在這種時候忘記這件事吧……」

在我說完之前，朱乃學姊搖搖頭，眼神當中充滿像是在說「為什麼要這樣？」的疑問。

「但、但是朱乃學姊可是學姊……」

朱乃學姊揪著床單說道：

「在床上不分什麼學姊學弟。我們是男人和女人吧？只要這樣就夠了。」

「男、男人和女人……」

我不禁「咕嚕……」嚥下口水！男、男人！女、女人！這、這是怎樣，怎麼會有破壞力如此強大的情色詞彙！

朱乃學姊的臉靠了過來，對準我的嘴唇——等等，在這種狀況下，某人有很高的機率會出現——

「朱乃？妳在做什麼……？」

——

……感覺到難以言喻的氣息，我轉動僵硬的脖子，便看見全身上下散發氣焰的紅髮大姊姊！果然！我就知道——！

氣焰的勁道強烈到紅色長髮隨之飄動！這次真的會被殺——！

朱乃學姊發出「呵呵呵。」妖豔的笑聲，輕輕撫摸自己的黑髮。

「哎呀哎呀，有個好——可怕的大姊姊在瞪我和一誠呢。一定是看我們打得火熱在吃醋吧。呵呵呵。」

「我只不過去洗個澡就趁機勾引一誠，妳倒是變得很大膽嘛？」

「我一直都很大膽喔？妳看，就像這樣……」

貼。磨——蹭——

朱乃學姊將她柔軟又有彈性的軀體完全用上，以磨蹭的方式刺激我的身體————！臉頰！胸部！手！大腿——！這些充滿女性特有的柔軟彈性的部位那種軟嫩的觸感，幾乎快將我全身的所有功能完全停止！

朱乃學姊的身體怎麼會這麼柔嫩！總是可以像這樣緊密貼合我的身體！

「……就是說啊。朱乃學姊老是這樣，太狡猾了。」

——！突然傳出別人的聲音！這才發覺有人抱著我的頭。仔細一看——

「小貓！妳、妳是什麼時候……！」

沒錯，就是小貓！是隱藏氣息跑進房間嗎？她身上穿著薄薄的白色和服，冒出貓耳和尾巴，用嬌小的身體抱住我的頭！

嗯——！小貓嬌小的身體也相當滑嫩柔軟，散發甜甜的香味……

「……我也不想和學長分開……學長，我要一次進行好幾天份的仙術治療……」

小貓帶著落寞的表情開口，然後整個人緊緊貼住我的背！

嗚喔喔喔！被蘿莉女孩從背後抱住的觸感原來是如此美妙嗎！白色尾巴還悄悄捲上我的手。啊，小貓尾巴的毛好舒服……

話說小貓！原本只有在我們兩個獨處時才會出現這種大膽的行動，現在有別人在看的時候也會這樣嗎！

或者是因為我要前去教學旅行，讓妳變成類似朱乃學姊的狀況吧！

「連、連小貓都這樣……一誠可是我的……是我心愛的一誠……妳們太過分了！」

雖然搞不太清楚狀況，但是社長在我眼前渾身顫抖、鼓起臉頰、眼中泛淚的模樣，卻是千真萬確！大姊姊！這個表情真是太可愛了！

磅。

接著又響起開門聲。在門外的人是愛西亞。

她一看見這個光景便放聲大喊：

「啊嗚嗚！怎、怎麼會這樣……不只莉雅絲姊姊，連朱乃學姊和小貓也這樣！嗚嗚嗚，只有我一個人被排擠嗎……？可是可是，我不會就此罷休的！我也要！嘿——！」

愛西亞跳到床上來了！她緊緊抱住我的腳，一副不打算讓給任何人的樣子！

「我不會把一誠先生交給任何人！今天也要一起睡！」

事情越來越誇張了！朱乃學姊、小貓，現在連愛西亞都黏在我身上……這是怎麼回事，應該算是種幸福嗎？感覺好像不太對？我雖然很高興，卻又不知道該如何是好，而且她們全都在互相牽制耶！

以狀況來說固然很棒，但是這裡的空氣卻是稀薄到不行——！

社長忍不住大喊：

「夠了！妳們幾個！為什麼不聽我這個主人說的話呢！」

社長擺出主人的架子。但是其他女孩子沒有乖乖就範。

「可是，他是我的——」

「一誠先生！」「……學長！」「一誠！」

「不對！他是我的————！」

眼眶含淚的社長的聲音在家裡迴盪。

眼看著教學旅行在即，我在自己的床上碰上有點幸福又有點傷腦筋的誇張遭遇。

我有辦法……順利參加教學旅行嗎？

Life.1　對了，就去京都吧！

「未來我希望能夠在吉蒙里領地裡創立北歐魔術學校，開創由女性惡魔擔任女武神的新事業。」

羅絲薇瑟說出自己心目中的未來願景。

「身為天使的我能夠來到上級惡魔的宅邸叨擾，真是無上的光榮！這也是托了主……和魔王陛下的福吧！」

伊莉娜好像也很開心。

教學旅行將至的這天，我們吉蒙里眷屬加上伊莉娜，和社長的雙親一起在吉蒙里家的餐廳舉辦茶會。

為了紀念社長湊齊眷屬，所以決定重新向社長的雙親介紹一次。

我們一面悠閒地品嚐紅茶，一面談天說地。這也是上流人士的嗜好吧。或許是因為沒有在這麼多傭人包圍之下開茶會的經驗，有許多地方都讓我頗為困惑。

「哈哈哈，羅絲薇瑟似乎對產業方面很感興趣，身為吉蒙里家的宗主，我相當期待。」

社長的父親爽朗地笑道。他看起來還是那麼紳士。

喝了一口茶，社長的母親放下茶杯，改變話題。

「對了，一誠先生和同為二年級的各位，不久之後就要去教學旅行了吧。目的地是日本的京都吧？」

「啊，是的。不久之後我們就要去京都了。」

我如此回答。社長的母親非常注重禮儀，所以光是交談就讓人非常緊張。

「去年莉雅絲買回來送我的醃漬京野菜非常好吃呢。」

社長的母親會吃醃漬食品啊。不，社長在我家時也常吃醃漬食品，不過儘管如此，還是讓我感到有些意外。大概是因為氣質高雅的吉蒙里家夫人，和醃漬食品兩者之間的印象實在連不起來吧。

「我……到了那邊會買回來的。」

「哎呀……我那麼說並非這個意思……不好意思，你可以不用那麼客氣沒關係喔？」

聞言的社長母親以手掩嘴，臉頰泛紅。我不禁覺得她的反應有點可愛！

之後我們繼續閒話家常，眷屬到齊的紀念茶會順利結束。

茶會結束之後，我們準備透過轉移魔法陣回家。

但是在那之前，因為得知瑟傑克斯陛下回到吉蒙里城裡，於是我們決定趁著回程的時候過去打聲招呼。

「我也要一起去！」

米利凱斯大人也想見他的父親，所以和我們同行。

在前往瑟傑克斯陛下返回吉蒙里家時使用的居住區時，我們正好在通道上碰見瑟傑克斯陛下——和一位黑髮的客人。

等等，仔細一看，那位客人是身穿貴族服飾的塞拉歐格！

「打擾了。你們看起來很有精神嘛，莉雅絲、赤龍帝。」

即使在這種普通狀態，我也可以感覺到他的全身上下散發霸氣。紫色的雙眸滿是閃閃發亮的鬥志。

「是啊，既然來了怎麼不先通知一聲。不過你看起來也很有精神，真是太好了——啊，應該先打招呼的。兄長大人，貴安。聽說您回到這裡，所以我想至少打聲招呼再走。」

「其實不用這麼多禮的，真不好意思。謝謝妳。」

瑟傑克斯陛下抱著米利凱斯大人，對我們露出微笑。

陛下回來的理由和塞拉歐格有關嗎？那麼就是跟接下來要舉辦的遊戲有關囉。

正當我心生疑問時，社長詢問瑟傑克斯陛下：

「兄長大人，塞拉歐格過來這裡是因為……？」

「嗯。他特地送了巴力領特有的水果和其他特產過來。我覺得讓表弟這樣送禮很不好意思，現在正好說到下次要讓莉雅絲前往巴力家的宅邸回禮。」

瑟傑克斯陛下如此回應。對了，對瑟傑克斯陛下而言，塞拉歐格是母親那邊的表兄弟。這麼一想，塞拉歐格的立場也頗為驚人。

「我們也聊了些關於下次遊戲的事。莉雅絲，他表示希望除了場地方面的規則，在戰鬥方面可以排除所有複雜的規則。」

「──」

聽到瑟傑克斯陛下的發言，社長顯得很驚訝，眼神也變得認真起來。

「塞拉歐格，你的意思是願意接受我們這邊的一切不確定因素，是嗎？」

面對社長認真的問題，塞拉歐格無所畏懼地笑道：

「是啊，就是這麼回事。無論是暫停時間的吸血鬼，還是赤龍帝那些能夠爆破女性的衣物、聽見女性心聲的招式，我全都接受──如果無法承受你們的全力出擊，我又怎麼能自稱是大王家的繼任宗主呢。」

「──！」

塞拉歐格的話讓包括我在內的所有眷屬為之屏息。

好驚人的氣勢與決心……他希望我們發揮全力啊。

塞拉歐格強而有力的視線先是對準社長，然後移到我身上。

……足以令人全身發寒的驚人氣勢。其中沒有惡意。感覺不到任何邪惡的成分。

只感覺得到——幾乎純粹的戰意。他就像瓦利一樣好戰，卻又擁有某種讓人完全感覺不到邪氣的特質。

「……好可怕——沒、沒想到有人主動想要面對我的能力……反而讓我好害怕——」

加斯帕在我身後不住發抖。說得也是。居然有人願意接受這個傢伙的暫停時間那麼強大的能力。

而、而且連我的招式也ＯＫ……真是太感謝了！我忍不住想要道謝。

正當我們瞪著彼此時，在一旁看著我們的瑟傑克斯陛下提出建議：

「嗯，正好。塞拉歐格，你不是說過想和赤龍帝——想和一誠過個幾招嗎？」

「是啊，我之前確實說過……」

「那麼你們稍微打一下吧。我認為你是想親身體驗天龍的拳頭吧？」

…………

我因為這個突發事件滿腦子空白……隔了一拍之後才反應過來。

什、什、什────────麼────────！

要我和塞拉歐格在這裡打！真的假的！不行不行，就算突然這麼說……！

瑟傑克斯陛下完全不顧我嚇到睜大眼睛，詢問社長的意見。

「莉雅絲，妳意下如何？」

社長思考半晌之後，下定決心回答：

「……既然兄長大人……不對，既然魔王陛下都這麼吩咐，我也沒有理由拒絕。一誠，你可以吧？」

──！

怎麼會這樣！真的嗎！叫我打？嗯嗯嗯……既然社長開口，我也不能拒絕……而且愛西亞和朱乃學姊等一群女生都在看，我總不能表現得太沒用。

「……好、好的！不嫌棄的話！」

我向前一步，如此宣言！事已至今只能硬上了！

新生代第一把交椅，塞拉歐格……我早晚得面對他的攻擊。

既然如此，我就先趁現在接招，找出在遊戲中取勝的方法！而且在一旁看我和塞拉歐格戰鬥，眷屬們應該也會有什麼收穫吧。

在我和塞拉歐格視線相交之際，瑟傑克斯陛下點點頭：

「那麼就讓我親眼見識一下，新生代第一把交椅的拳頭和赤龍帝的拳頭吧。」

塞拉歐格聞言——

「這可真是個大好機會。請您好好看看我的拳頭……！」

露出魄力十足的笑容。

吉蒙里的城堡地下有個寬敞的健身房，大小幾乎可以容納駒王學園的操場。

我們吉蒙里相關人士和塞拉歐格轉移陣地來到這裡。米利凱斯大人則由葛瑞菲雅帶到其他地方等候。

塞拉歐格在我眼前脫下貴族服飾，剩下一件灰色內衣。

……即使隔著內衣，也看得出健美的體魄……肌肉極為強壯。上臂很粗，拳頭也很大。肩膀和背上的肌肉鼓起來了……

不僅如此還是個型男。不愧流有社長母親那邊的血統。

「德萊格，準備上囉。」

『交給我吧。』

我顯現手甲之後，立刻開始禁手(balance breaker)的倒數。

如果不做什麼其他的事，我已經可以長時間維持鎧甲狀態。不過一旦進入戰鬥，時間限制就會變得很嚴格。

倒數期間塞拉歐格沒有什麼動作。

……這並非游刃有餘的表現。單純只是想見識我的全力，所以不想做出多餘的行動吧。在場的所有人都很清楚這件事。

各位眷屬和社長都在看，我可不能表現得太差勁。就算打不贏，也得好好發揮才行……

——好，倒數結束了！

『Welsh Dragon Balance Breaker!!!!!!!!』

隨著語音響起，手甲發出的赭紅色閃光包圍我的身體。赭紅色的氣焰逐漸形成鎧甲。

——赤龍帝的鎧甲（boosted gear scale mail）！

「啪！」我展開背上的龍之翼，擺出攻擊的架式。塞拉歐格也以流暢的動作擺出架式。

……我透過錄影看了塞拉歐格和格喇希亞拉波斯家的混混之間的比賽，他的速度也很快，就連神速的木場也倍感威脅。我想應該比我還快吧……不過像這樣等著看對方怎麼行動也不是辦法。

總之抱著寧為玉碎的決心先出招再說！

轟——————！

背後的噴射口以最大火力噴發，我朝前方飛去！

我擺出準備揮出右直拳的架式衝刺！然後一口氣出拳——！

……為什麼不躲？我準備從正面展開猛攻，但是塞拉歐格完全沒有閃避的意思！

可惡！他的意思是我的攻擊不需要躲嗎！既然如此，你就正面嘗嘗我這一拳吧！

叩！

我的右直拳打在塞拉歐格的臉上，發出巨大的聲響！

——！真、真的沒躲！不僅如此，還結結實實打中了！

抖……

命中的瞬間，我感覺到一股令人毛骨悚然的不知名寒意，迅速往後退開。

拉開距離重新擺出攻擊姿態……塞拉歐格毫髮無傷。

……等一下。剛才那記直拳，我可是貫注了不少力量……即使不是經過倍增的攻擊，但是在沒有防禦術式的狀態下居然沒有受傷……

塞拉歐格用手指輕觸挨打的部分，露出笑容：

「好拳頭。剛正直率，貫注堅強意念的純粹拳擊。如果是一般的惡魔，剛才那拳就能解決吧。但是——」

呼。

眼前的塞拉歐格忽然消失——

「——我另當別論。」

接下來聽見的聲音來自我的背後！

咚！喀鏗！

塞拉歐格朝我出拳！

——！他什麼時候繞到背後了！可惡！我明明以雙手擋下，那拳卻沉重到嚇人！

我交叉手臂接下攻擊……但是手甲！鎧甲的手甲部分卻被剛才那拳打壞了！

架式完全走樣的我，急忙運用背後的噴射口拉開距離！

……好快——！肉眼完全跟不上！話說他根本就是消失了！我原本還覺得透過木場的訓練，自己的眼睛已經很習慣速度了！

粗心大意？確實是有一點，然而我覺得不只是因為這樣。話說我的雙手痲痺，毫無感覺！難道是兩邊的手甲遭到破壞時的衝擊……

不，手指還能動——還可以打！骨頭沒事！

德萊格，麻煩再次形成手甲。

『好，我知道了。』

赭紅色的氣焰包住我的雙手，再次形成手甲。

塞拉歐格佩服地笑道：

「喔，沒能打飛啊。也罷，畢竟那只是打招呼的一拳。」

……打招呼？這樣的拳頭就可以打壞我的鎧甲嗎！開、開什麼玩笑！

能夠以普通的拳頭、以空手破壞赤龍帝的鎧甲（boosted gear scale mail）的傢伙，他可是第一個耶！

「我有三樣武器。強健的體魄、靈活的腳步、體術——接招！」

倏！

又從我眼前消失了！旁邊？對手瞬間從旁邊現身！我轉身躲過塞拉歐格朝我的身體襲來的一拳，但是——

呼————！

拳頭畫過空氣的聲音！好重的拳壓！

咚……

隨著一個悶聲，腹部的鎧甲出現裂痕！不會吧！光是擦過就裂開了？

「該死！」

我一面咒罵，一面出拳。

叩！塞拉歐格依然沒有閃躲，用臉接下我的拳頭！

——看不出有受傷！

轟！

我感覺到反擊要來了，瞬間做出反應，利用噴射口向後跳開。

唰──────！

塞拉歐格這一腳踢空……不過踢空的威力卻大到在健身房中央造成直達牆邊的裂痕！

如果被那腳踢中的話……

我的背部竄過一陣涼意──才只過了幾招，就已經讓我上氣不接下氣。

只不過在稍微對戰之後，我很清楚一件事。

──他很強。強到不像話。他真的是和社長還有迪奧多拉．阿斯塔蒂同世代的惡魔嗎？遠遠超越迪奧多拉吧！

『是啊，我也嚇了一跳。看來這個巴力家的男人是把力量強化到極限了。以排名遊戲的類型來說，是將攻擊力提升再提升的力量型。這個有意思。以腕力追求單純破壞力的男人。太過於極端反而讓我對他產生興趣。』

沒想到德萊格會對魔王和龍以外的對象產生興趣。這也難怪。這個人強到迪奧多拉根本對付不了。

我想他應該有社長的幾倍──不，比社長強十倍以上吧。

生在大王家卻不具備毀滅魔力的惡魔。所剩的資源只有身體。於是專心一意地鍛鍊身體，就此當上繼任宗主。

和我一樣，是不具備才能依然奮鬥至今的惡魔。

——鍛鍊方式非比尋常。

這個人是和社長同輩的新生代啊。

……社長必須和一個不好惹的人在同個時代競爭呢。

對社長的夢想而言，塞拉歐格絕對會成為一個很大的阻礙。而且對於我的夢想也是個遙遠而高大的阻礙。

「太厲害了。」

我自然而然地脫口而出。只是過了幾招，就讓我對這個人產生強烈的敬畏之意。

「你是鍛鍊自己的一切，直到變得這麼強嗎？」

塞拉歐格回答我的問題：

「——我只是一直相信自己的身體。」

這個人果然很厲害。光是這麼一句話，就讓我體會到他克服許多我無法想像的事。

正因為如此，我也想試試自己能打到什麼程度。

我也不能輸給他！

這是個好機會……我來試驗一下別西卜陛下給我的忠告好了。

陛下為我調整體內的棋子之後，還給了我一點個人意見。

有關我和棋子——

「我要升變為『城堡（rook）』！」

我如此宣告，升變為「城堡（rook）」。沒錯，是「城堡（rook）」。不是「皇后（queen）」。

力量流入我的體內。如此一來攻擊力和防禦力應該都會提升！

「你說『城堡（rook）』？」

塞拉歐格對於我的升變顯得一臉訝異。他一定以為我會變成「皇后（queen）」吧。

塞拉歐格的身影瞬間消失！——要來了！我在腳上使勁，像是要在地板扎根似地穩住下盤！然後咬緊牙關，以氣焰包覆全身！

『BoostBoostBoostBoostBoostBoostBoostBoostBoostBoostBoost!!』

我將倍增的龍之力分配到防禦上！

然後在右手的拳頭貫注力量——

叩！

出現在正前方的塞拉歐格，朝著我的腹部揮出一記猛拳。

——劇烈的衝擊！拳壓貫穿身體直達後背！

「……咳。」

我感覺到五臟六腑彷彿都要順勢爆開，同時劇痛在我體內流竄！雙腳也受到衝擊的影響，抖個不停……或許是因為我的架式夠穩，總算還站得住腳。意識也有一瞬間幾乎要從腦中消失，不過勉強保持清醒！要是我沒有咬緊牙關，可能已經意識模糊了吧！

腹部的鎧甲……有部分破損，但是沒有遭到完全破壞！

我趁著塞拉歐格收拳的瞬間，朝他的臉打出一記銳利的右直拳！

鏗！

拳頭傳來的觸感有如打在堅硬的巨岩上——但是也傳回輕微打碎什麼的手感。

噗！

塞拉歐格噴出鼻血。同時——

「咳喝！」

我的頭盔面罩部分也噴血了。血從我的肚子湧上，從嘴裡吐出來……

……腹部挨的那一拳讓我傷得多重……？肋骨可能裂了，或是斷了。光是呼吸就讓我感覺傳遍全身的刺痛，痛苦難耐。

但是我撐住了……！我的身體和我的鎧甲都撐住了！

最近我遇到的對手都可以輕易破壞我的鎧甲，所以我很想嘗試把全副精神都放在防禦上。或許是因為我總是和比我強大的對手戰鬥，才會有這種感覺吧。

但是把力量分配在防禦是個很有趣的嘗試。雖然很痛，但是這下我明白了。即使是遭到超力量型的攻擊直接命中，只要把神器（sacred gear）的力量分配到防禦上就撐得住。

遭受攻擊時，貫徹防禦也是得到反擊機會的重要手段。

看吧，塞拉歐格流鼻血了……我以反擊拳的要領賞了他一擊。

原本以為我的攻擊對他起不了作用，不過透過升變「城堡（rook）」提升的攻擊力和防禦力確實產生作用！

——我辦得到！

我有辦法和他對打！光是知道這件事，就讓我的體內湧現充沛到難以置信的活力。

雖然怎麼看都是我受的傷比較重，但是絕非動不了他。即使輸了，或許至少還有辦法折斷他一隻手。

就算現階段贏不了，至少要有辦法抵抗吧！

塞拉歐格用手指擦去鼻血——然後滿心歡喜地笑了：

「升格為『城堡（rook）』啊……看來不是錯誤的判斷。我的拳頭明明貫注了不少力量，不過你身為『城堡（rook）』的攻擊力和防禦力也相當不俗。比起能做到更多事的『皇后（queen）』，純粹提升攻防的『城堡（rook）』或許比較適合力量型的你…………怎麼了？我從你身上看到疑問。我當你的對手有什麼問題嗎？」

「不，該怎麼說……因為上級惡魔……就是，有很多人瞧不起我……不過塞拉歐格先生一動手就是認真的，讓我嚇了一跳。」

這讓我不禁覺得這個人打從一開始對我的評價就很高。之前的萊薩、迪奧多拉那些上級惡魔都瞧不起我，所以這種感覺非常新鮮，又讓我很不好意思。

塞拉歐格聽到我說的話，嘆了一口氣：

「這樣啊。你一直以來都被低估吧。放心，我絕對不會低估你！你能夠正面迎戰舊魔王派的幹部，還有北歐的惡神洛基並且存活下來，我又怎麼能夠低估你呢。」

這句話……讓我開心到全身顫抖。塞拉歐格豪邁地笑道：

「我和你打得很開心。因為你的拳頭很棒。我好久沒流鼻血了。而且能夠碰上相同類型的對手，更是令我高興。你的拳頭經過不少鍛鍊吧？中了一拳我就知道──別客氣，全力以赴打倒我吧。你就是為了這個目的才站在這裡的吧？」

塞拉歐格臉上充滿男子氣概的笑容深深吸引我。

──

他認同我……可惡。他明明是我必須打倒的對手……

遊戲結束之後，我一定要跟你好好聊聊！

我握拳前伸，擺出架式！腹部的鎧甲也已修復完成！剛才我說要折斷一隻手，但是我要收回那句話！

——輸了我也要折斷兩隻手！

這就是我在這裡能夠回敬你的最大極限！

「來吧！兵藤一誠！你只要想著打倒我就行了！讓我見識赤龍帝的力量吧！」

「好，我要上了！」

『BoostBoostBoostBoostBoostBoostBoostBoost!!』

塞拉歐格朝我正面衝來，我則是對準他發射神龍彈！

啪咻！轟————！

神龍彈被塞拉歐格一記揮拳橫掃彈飛，打在健身房的牆上。

不行嗎！因為不是「主教(bishop)」，魔力的提升不夠充分！

現在的我是「城堡(rook)」！看來只能專注在肉搏戰！再次使出反擊拳！

我伸出拳頭擺好，迎向塞拉歐格！

「————！想和我互毆嗎！有意思！試著打過來啊！」

塞拉歐格如此大吼，於是我衝了出去——

「一誠先生！」

愛西亞突然大喊。怎麼了嗎？我的視線看過去，愛西亞繼續說道：

「提、提升力量吧！摸、摸、摸、摸、摸了胸部之後，一誠先生會變得更強！」

…………咦？

聽到愛西亞的喊話，所有人都愣在原地。然而潔諾薇亞似乎恍然大悟，接在愛西亞後面說下去：

「對、對啊！一誠是胸部龍！摸了我們的胸部，力量就會變強！社長！請在此發揮開關公主的作用吧！」

「莉雅絲姊姊！我、我也沒關係！請讓一誠先生得到胸、胸、胸部的力量！不然這樣下去會輸的！」

潔諾薇亞和愛西亞如此懇求社長。

社長面對兩人突如其來的要求，顯得頗為困惑。

……愛西亞！潔諾薇亞！我知道妳們不希望我輸，但是怎麼可以在這種時候胸部、胸部喊得那麼大聲呢！

然而她們兩個都很認真。愛西亞眼中甚至泛著淚光。

「就、就是說啊——！只要有社長的胸部，學長就能不斷變強！」

連加斯帕也開口了！真是的，可愛的學弟原來是這樣看待我啊！

「是啊！一誠的性慾正是他的力量來源！」

就連伊莉娜！

不過……大家都這麼擔心我啊。或許是他們不希望看到我戰敗吧。心情有點複雜，但是我很高興。

「……摸胸部真的會讓他變強嗎？我原本以為這只是謠言。」

連塞拉歐格都這樣問了！

「……是真的。」

小貓二話不說地加以肯定！抱歉，我就是好色！我就是乳龍帝！

「呵呵呵，所以妳要怎麼辦呢，莉雅絲？」

朱乃學姊興致盎然地笑著詢問社長。

「……你、你要摸……嗎？如、如果你想變強，我、我……」

大姊姊滿臉通紅地對我開口！

社長——————！這樣好嗎？在妳的表親面前這樣真的沒問題嗎？如果妳OK我是很想大摸特摸來變強！

「你們每次都是這個調調嗎？嗯——亞斯格特沒有這種文化。」

羅絲薇瑟也有點傻眼，而且還產生某種嚴重的誤會！

木場也面露苦笑，顯得相當無奈！

「呼。呼哈哈哈哈哈哈哈哈哈！」

塞拉歐格豪邁地笑著，看起來非常愉快。

「原來如此，莉雅絲的胸部可以讓你變強啊。呵呵呵，我記住了──赤龍帝，到此為止吧。」

塞拉歐格一邊大笑一邊如此提議。

「我還能打！」

戳了胸部我就能打！再加上我的色狼毅力，還能再打下去！

然而塞拉歐格搖搖頭：

「你散發的霸氣很不錯。我想也是。我也還能打──但是如果再打下去，我會克制不了自己。會想要親身體會你最後的殺招。這樣太可惜了。你有什麼新的力量正在覺醒吧？」

──

他在戰鬥當中發現我正在摸索自己的可能性嗎？

塞拉歐格撿起貴族服飾走向我，把手放在我的肩上：

「那麼等你得到那股力量再說吧。在最佳狀態互毆。這才是我所追求的與赤龍帝之戰。我們之間的戰鬥，應該會在不久之後的排名遊戲當中分出高下。在高層以及大眾面前以拳交戰，才能決定我和你的評價──我和你都有夢想，所以到時候再相會吧。莉雅絲、莉雅絲的眷屬們，下次讓我們在通往夢想的舞台碰面——來吧。我會盡全力打倒你們。」

塞拉歐格只留下這番話，就向瑟傑克斯陛下打聲招呼，然後離開這裡。

戰鬥的緊張感不復存在，我解除鎧甲。

瑟傑克斯陛下走到我身邊發問：

「你覺得呢？他的攻擊怎麼樣？」

「很像……和我的拳頭極為相似，讓我嚇了一跳。」

瑟傑克斯陛下點點頭，露出微笑：

「嗯，他和你一樣，都是靠著拚命磨練彌補自己的不足。正因為如此才會特別堅強。所有的攻擊都是那麼直接。惡魔當中沒有這種特質。」

他真的跟我很像，瑟傑克斯陛下。近乎憨直的衝勁。就連類型也極為相似。正因為如此，我明白一件事。

——我們只有這招。只能這樣攻擊。只能靠這個方法打倒對手。

所以他才會專注鍛鍊這一點。

「順道一提，他剛才戰鬥時，雙手雙腳上還施加負重的封印。」

……聽到瑟傑克斯陛下的說明，我在受到衝擊的同時，反而如此心想。

——即使我又變得更強，他也會擋在我的前面。

有目標真是太棒了。讓人很有幹勁。

瑟傑克斯陛下接著說下去：

「他和專業的『國王(king)』相比也毫不遜色，也阻止好幾次『禍之團(Khaos Brigade)』的恐怖攻擊，為惡魔方面帶來勝利。不過一誠，你很了不起。和塞拉歐格交戰之後仍然沒有失去戰鬥意志。面對他的人當中，有許多人都在他小試身手之後喪失戰意。引以為傲的魔力起不了作用，又被他只靠著肉體壓制，深信高強的魔力才有價值的惡魔都會意志消沉。上級——地位越高的名家，自尊心越是高傲，一旦意志消沉就很難再次振作。」

「我……只是不想再輸了。不想在排名遊戲中落敗。我在遊戲當中，從來不曾得到像樣的勝利。」

迪奧多拉戰不算數。雖然我揍了那傢伙一頓，但是那不算正式的遊戲。對抗萊薩之戰、對抗蒼那會長之戰，我在這兩場當中都吞了敗仗。

「所以，下次我一定要——」

對決巴力家的遊戲，我絕對要留到最後，獲得勝利。

塞拉歐格，我一定要打倒你、超越你。

現在還請你在前方等著我吧。

我一面壓抑不甘心的感覺，一面再次下定決心。

「一誠哥哥，你在莉雅絲姊姊高中畢業之後還是叫她『社長』嗎？」

在我準備回家，正要告別時，米利凱斯大人可愛地偏頭發問。

……這個……的確，等社長畢業離開學校之後……

到時候我該怎麼稱呼社長才好呢。應該說三年級的兩位在不久的將來，就會離開神秘學研究社。這樣一來，自然會有新的社長。

對喔……過不了多久，我就不能稱呼社長為社長了……

屆時我該怎麼稱呼社長？莉雅絲姊姊？最恰當的或許是「主人」吧？

……可是我最想這樣叫她。

——莉雅絲。

因為我們是住在一起的一家人，因為她是我最喜歡的人。哪怕只有一次也好，我真想這樣叫她。

○●○

於是到了教學旅行當天。

我從昨天晚上就一直滿心期待，所以睡不太著。後來被社長發現了，所以社長就抱著我，我才能夠入睡。

社長表示，讓我把臉埋在胸部之間躺一下，我應該可以暫時忘記教學旅行順利睡著，但這反而讓我興奮了好一陣子，一點睡意都沒有！社長的乳枕是最強的！

如此這般，場景來到了東京車站的新幹線月台。我們在月台上找個沒有人的角落，集合在一起。

留在學校的成員當中，只有社長來為我們送行。朱乃學姊、小貓和加斯帕也想過來，但是今天一年級和三年級照常上課，總不能枉顧學業，所以只有社長來到車站。話說為了迎接校慶，三年級和一年級還得連我們的分一起準備。不過神秘學研究社要在校慶舉辦什麼活動，還是個秘密。

「來，這些是認證，一人一個。」

社長將某種卡片型的東西交給即將出發的二年級同學。我們拿到之後，各自確認。

「這就是傳說中的那個？」

木場這麼一問，社長便點了點頭。

「是啊，這就是惡魔想在京都旅行玩得盡興時，不可或缺的東西，俗稱『自由通行券』。」

京都的名勝古蹟有很多都是寺廟。再加上京都還有很多能量景點，一般來說，惡魔要在當地行走會有諸多不便。因為照理來說，寺廟根本就不是惡魔應該接近的地方。

像這種時候就要靠這張自由通行券。這是由掌管京都超自然事宜的人士（陰陽師、妖怪之類的）發行給我們惡魔的通行證。當然，大前提是必須有正當理由。

「我們那個時候也一樣，以正當形式前往當地的惡魔都可以得到這張通行券。吉蒙里眷屬、西迪眷屬、天界的相關人士，知道你們這些有後盾的人多幸福了吧？」

社長眨了眨眼。我歡欣鼓舞地大聲說道：

「是！吉蒙里萬歲！那麼只要帶著這個，就可以大大方方地進去清水寺、金閣寺和銀閣寺囉？」

「沒錯。只要放在裙子或是制服的暗袋裡，前往名勝古蹟就不會有任何問題——儘管去大逛特逛吧。」

「是！」

如此回答的我立刻把卡片放進暗袋。這樣就ＯＫ了。

愛西亞的手機響起。

「喂，是桐生同學嗎？是的，潔諾薇亞同學和伊莉娜同學也和我在一起。」

看來是桐生的聯絡。講完電話之後，愛西亞向社長鞠躬：

「那麼莉雅絲姊姊，我們出發了！」

「我們走了。」

「出發了——！」

「嗯，路上小心。」

愛西亞、潔諾薇亞、伊莉娜向社長道別之後離開現場。是要趁出發前再次確認嗎？我的手帕、衛生紙、替換用的內衣褲應該都帶了，不過等等還是再確認一次好了。

「那麼我也該走了。我會買土產回來的。」

木場也行個禮，然後前往他們班的集合地點。

現場只剩下我和社長。社長把手伸向我的領口：

「領子。要拉好才行。在京都也不可以忘記自己是駒王學園的學生喔？」

「啊，是！」

她整理好我的領子之後，把臉靠在我的肩膀。

「社長？」

「雖然想故作堅強……其實我也和朱乃一樣。你不在的這段期間，我會很寂寞的。我這樣已經進步很多囉？第一學期的時候，如果沒有你在身邊我真的不行，現在就算暫時見不到你，我也還能忍受。」

社長……大概是因為很溺愛我吧，她還是很討厭和我分開。

最近她更超越溺愛，把我當成真正的家人一樣看待。一些平常見不到的表情以及行動也越來越常出現了。

我握著社長的手，帶著笑容對她開口：

「太誇張了吧。即使我不在，還有小貓和加斯帕啊。」

「我知道。但是……你還沒察覺到自己的魅力吧。不過這點也很惹人憐愛。」

社長苦笑說道，把臉湊到我面前——和我雙唇交疊。

「——」

…………我的思緒瞬間中斷，然後滿臉通紅，動彈不得！

因為！因為……！她突然吻我！

「社、社、社長！」

社長帶著可愛的笑容，俏皮地伸出舌頭，對不知所措的我說聲：

「這是一路順風之吻。真是的，你在驚訝什麼。我們已經吻過好幾次囉？話說你也可以主動吻我啊。」

「妳、妳這樣說我也沒辦法……！還是會嚇一跳！」

我的話似乎讓社長臉上的笑意多了一絲遺憾，她接著說道：

「這樣就夠了。即使你到京都，我也不會被寂寞打敗。路上小心，一誠。」

「是！我出發了！」

社長的吻！超讚！啊啊，她真的超級疼愛我……

感覺這是個好兆頭！這趟旅行應該會很棒吧！

就是這樣，我的教學旅行開始了！

Life.2 抵達京都

新幹線從東京站出發之後，過了十分鐘左右。

「其實我是第一次搭新幹線——」

松田帶著雀躍不已的表情在面前的座位輕聲開口。

記得我好像搭過一次新幹線。話雖如此，那時候我好像也才剛懂事，實在沒什麼確切的印象……

我的座位在車廂的最後面，而且是一個人，旁邊是空的。前面坐著松田和元濱。隔著走道的另外一邊坐著潔諾薇亞和伊莉娜。

窗外的風景因為列車高速移動而瞬息萬變。旁邊的潔諾薇亞和伊莉娜一面望著窗外，一面有說有笑。

搭新幹線是很新鮮，不過還是搭通往冥界的列車給我的衝擊比較強烈。畢竟當時親眼目睹轉移到異世界的景象，完全是不同次元的感受。

這時潔諾薇亞走過來，在我身旁的空位坐下，劈頭就對我說：

「一誠，有件事我得先告訴你。」

「怎麼了，潔諾薇亞。」

「現在杜蘭朵不在我手上——如今的我手無寸鐵。」

喔喔，突然就來個這麼驚人的消息。真的假的。

「妳沒帶杜蘭朵啊。為什麼？」

「嗯。聽說隸屬於正教會的鍊金術師找到某種術法，可以抑制杜蘭朵的攻擊性氣焰，所以我透過天界把劍送到他們那邊。」

正教會。我記得那是基督教會的派系之一。他們在之前的王者之劍搶奪事件當中，好像不是很合作……

潔諾薇亞露出嘲諷的笑容：

「沒想到正教會居然變得那麼合作。我想大概是因為有米迦勒大人以及各位熾天使的斡旋吧，不過既然能夠請那邊的鍊金術師重新鍛造，我想這是個千載難逢的機會。」

由於建立合作體制，基督教各派系之間的嫌隙也縮小了嗎？

潔諾薇亞繼續說道：

「那種術法能夠只抑制攻擊性氣焰而不降低聖劍的能力，相當令人好奇……不過這更是突顯身為持有者的我有多麼沒用，至今仍無法抑制氣焰……虧我還是『騎士(knight)』，真是窩囊……我還是死了算了……喔，主啊。」

啊——她開始自虐了。真是的，這個傢伙動不動就這樣。

「我知道了。妳的意思是萬一出了什麼事，要我把阿斯卡隆借給妳吧？」

「嗯。不好意思，老是跟你借那把劍。」

「沒關係啦。我雖然也很仰賴那把劍，但是在某些場面，還是借給妳比較有效率。」

「不過一誠還是鍛鍊一下劍術比較好。空有寶劍卻無用武之地，太浪費了。」

「我知道。在和妳或是木場對練時，我也會學點劍術的。」

「嗯。」

彼此交談之後，潔諾薇亞回到原本的座位。

接著我望著窗外看了半晌，前面的座位傳來女生的驚呼聲。我順著看去——好像是木場從前面的車廂走過來了。他確認我的所在位置，便朝我這邊走來。

「咦……？他、他要去兵藤那裡？」

「不、不會吧……木場同學要踏進情色領域……」

「兵藤×木場同學果然是無法撼動的配對！」

女生近乎哀號的聲音！把我的座位當成隔離區啊！混帳！我的朋友是型男不行嗎！

由於女生對待我的態度太差，讓我有過一段時間很怨恨木場，不過現在他已經是我重要的朋友兼夥伴。對他的怨恨……其實並沒有完全消失！我還是有點無法原諒型男！

「我坐你旁邊囉。」

想著想著，木場已經在我身旁的空位坐下。

「……怎麼了？」

我的手肘靠著窗框拄住臉，瞇著眼睛發問。

「我想問你們到達目的地之後的行動。為了方便在出事時因應，總是要先知道一下。」

「也對，我們不同班。你明天要去哪裡？」

「我們打算去三十三間堂。你們呢？」

「先從清水寺開始吧。之後是銀閣寺和金閣寺。這三個地方之間有點遠，但是我們想一口氣先逛完最有名的景點，所以第二天比較累。然後第三天會從天龍寺開始慢慢逛。」

「天龍寺啊。我們這組第三天也會過去那裡。如果時間對得上的話，或許會在渡月橋附近碰面喔。最後一天呢？」

「在京都車站附近到處亂逛，買點紀念品就結束了。這麼說來，伊莉娜好像說她想去京都塔看看。」

各組的行程都已經事先安排妥當，向老師報告過了。老師還要我們各組製作自己專用的旅行簡介。

之後我和木場交換彼此的行程資訊，話題轉到別的方面。

「聽說一誠同學和幾位魔王陛下交流了一下？」

「是啊，那個事件讓我對冥界的印象完全改觀。」

不久之前，我和社長一起奉命參加吉蒙里家的神秘儀式。在儀式之後的派對上，社長的雙親非常開心，大力稱讚我。

派對會場還掛了一條布幕，上面寫著「恭喜小姐！賀喜少爺！」什麼的……

……感覺好像有什麼事在我不知情的狀況下確實進展。不、不過對我來說應該不是什麼壞事，所以我也不太擔心。

「其實在事情結束之後，別西卜陛下給了我一點個人建議。」

我改變話題，如此對木場說道。

「建議？」

「是啊，關於使用者是我的情況下，『士兵』的特性和赤龍帝的力量兩者之間的配合度。在使用赤龍帝的力量時，我好像無法完全掌控『皇后』的樣子。」

升變為「皇后」確實可以提升力量，但是若再加上赤龍帝之力，似乎會超出目前的我的運用能力，反而無法靈活運用龍之力。這就是陛下給我的忠告。

直言不諱的陛下表示，簡單來說就是能做的事突然變多了，反而讓我無法順利調整力量的流動。塞拉歐格好像也是只和我過了幾招就知道我的狀況。

的確是這樣沒錯。力氣大增、速度變快、神龍彈的威力也變強。但是說到我是否能夠完全運用這些能力，卻又不是這麼回事。

「城堡(rook)」也就算了，「騎士(knight)」和「主教(bishop)」的能力我運用得都還不純熟。速度和魔力雖然提升，但是有很多部分都是憑氣勢硬撐，至今仍有許多時侯表現得相當糟糕。

話雖如此，升變是「士兵(pawn)」的一大特色，還是應該升變才對。

「——陛下說過，如果想將赤龍帝的力量活用到極限，我應該先試著從純熟運用『騎士(knight)』和『城堡(rook)』開始著手。他還說這兩者分別是力量、速度的特化型，將赤龍帝的力量貫注在這兩方面，我應該會比較容易明白力量的流動和該做的事。」

「這樣啊，所以你才會在和塞拉歐格戰鬥的時候升變『城堡(rook)』？」

「是啊，那確實比變成『皇后(queen)』時簡單易懂多了。我清楚認知力量只有流向攻擊和防禦兩方面——我覺得自己應該試著練習活用各種棋子的特性來運用赤龍帝的力量。」

聽見我這麼說，木場笑了：

「在和塞拉歐格過招時突然嘗試，的確很像你的作風。看來一誠同學又要變得更強了。你真的很熱衷在探索自己的力量呢。」

「擁有的力量再怎麼強大，無法純熟運用的話可是贏不了塞拉歐格和瓦利。對了，看到我和塞拉歐格的比賽，你有什麼感想？」

聽到我的問題，木場把手放在下巴回答：

「老實說，和社長同世代的惡魔正面對上你，還可以在力量對決時壓制你，我只能說他是一大威脅。而且還是赤手空拳。能夠赤手空拳破壞你的鎧甲的人，在新生代當中──不，在上級惡魔當中也只有他吧。說真的，我的防禦力對上他的攻擊力，就和紙沒什麼兩樣。他的速度也很快。而且一眼就看得出來那還不是極速。如果和他正面對戰直接挨了他一拳，不只是我，幾乎所有眷屬都會受到致命傷吧。」

這個傢伙依然是有話直說。不過就是因為這樣才值得信賴。

「旅行回來之後要重新開始應付塞拉歐格的訓練了。」

「是啊。對了，你要買紀念品時可以聯絡我一下嗎？」

「為什麼？」

「要是買了重複的東西就不好了。」

「啊，說得也是。我知道了，最後一天我會聯絡你。」

確認這件事之後，木場便離開座位，回到自己班的車廂。

好了，潔諾薇亞、木場的談話都告一段落。愛西亞她們有說有笑，好像聊得很開心。

松田和元濱那兩個傢伙……都睡到冒出「……ZZZZZ……」來了。

我也伸個懶腰，閉上眼睛。

……距離抵達京都之前還有時間。我想潛入神器(sacred gear)裡面。總計下來，這是第幾次啊。我已經潛入好幾次了。結束惡魔的工作，洗完澡之後的睡前我一定會潛入一次，週末也會進行。

潛入之後要做的事只有一件——和歷代的前輩們交談！

我閉上眼睛，將意識託付給德萊格，藉此進入神器(sacred gear)當中。

…………

……穿過一片黑暗之後，出現白色的空間。只有白色的寬廣空間。

空間當中擺了幾張桌子，歷代的各位前輩垂著頭坐在位子上，神情恍惚。

『大家好——又是我——我又來了——』

我以開朗的模樣向大家搭話，當然沒有得到任何回應……

我找了一位年齡和體型都和我相近的前輩搭話……沒有反應。

德萊格的聲音從上方傳來。

『那個傢伙是歷代當中年紀和你差不多的赤龍帝。他的才能相當出眾，「霸龍(juggernaut drive)」的覺醒也很早——但是他沉溺在力量之中，在疏忽大意之時被別的神滅具(longinus)持有者趁隙殺了。』

『殺他的人不是白龍皇？』

『是啊，一旦沉溺於力量之中，即使對手不是白龍皇也會一發不可收拾。白色的那邊之前應該也有過這樣的持有者吧。「霸」之力能夠使人暫時成為霸王……但是在任何一個時代，霸王之世總是無法繁榮鼎盛，無法長治久安。這是世間的常理。』

德萊格的語氣像是在訴說自己的故事。這個傢伙過去也一直沉溺在力量之中吧。

『即使是這樣，你還是擁有過珍視的事物吧？』

前輩不發一語，不過我相信一定是這樣。然而他還是被力量沖昏頭了。我也一樣……在感覺到失去重要的人之時，追求力量，然後發動「霸龍(juggernaut drive)」。

『吾，乃覺醒者，乃自神奪得霸之理之二天龍也……是嗎。』

『搭檔。』

『我不會全部唸完的。我也會怕。只是有很多地方我搞不清楚。無限是指什麼？夢幻我也不懂。又為什麼要嗤笑、要憂慮呢？』

就在我像這樣針對發動霸龍(juggernaut drive)的咒文說出自己的疑問時。

『無限是指奧菲斯。夢幻則是在說偉大之紅。大概是指嗤笑奧菲斯，而對於同為紅龍的偉大之紅感到憂慮吧。這段咒文就連是誰寫成的也不可考。我想或許是神吧？』

——！第三者的聲音？我轉向聲音傳來的方向——看見一名年輕女子站在那裡。微捲的金色長髮。纖細的身形。身上穿著開衩洋裝，是個漂亮的大姊姊！

……她的臉上帶有表情！和其他的歷代前輩明顯不同！她面帶笑意看著我。

『是埃爾莎啊。』

『嗨——德萊格。好久不見了。』

她打招呼的方式相當隨性。

『搭檔，她是埃爾莎。在歷代赤龍帝之中也算是數一數二的強者。以女性赤龍帝來說是最強的一個。』

最強的女性赤龍帝？原來有這種前輩！不過我之前沒見過她！躲到哪去了？

『看你的表情好像覺得很不可思議吧，小弟弟。持有者的殘留意念當中有兩個例外。我就是其中之一。不過我們都藏身神器的最深處，平常不會出現在這裡就是了。』

『……我還以為妳和貝爾札德不會再現身了。』

『別這麼說嘛，德萊格。我和貝爾札德都在深處默默為你加油喔。我們以前是搭檔吧。雖說他已經開始漸漸失去意識……』

大姊姊的表情顯得有些落寞。

『貝爾札德好像對現在的赤龍帝小弟很感興趣，所以才派我出來。』

『對了，貝爾札德又是誰？』

德萊格回答我的問題。

『他和埃爾莎一樣，是歷代最強的赤龍帝。是男性最強。他可是曾經兩度擊敗白龍皇的男人。』

『兩次！太強了吧——————！』

還有這種事啊。一生當中可以遇見兩次！

埃爾莎再次開口：

『然後他還叫我把這個交給你。』

她拿出來的——是一個上面有鑰匙孔的盒子。

『現任別西卜給了你「鑰匙」吧？』

『是啊。』

我的手邊突然發光，冒出一把小小的鑰匙。我並沒有刻意為之，鑰匙就這麼跑出來了。

這就是別西卜陛下給我的「鑰匙」啊。

埃爾莎笑著說道：

『雖然說是「鑰匙」，其實並非真的長成這樣，不過看來「鑰匙」和盒子都順利呈現出類似的表象了。這個盒子裡面裝著赤龍帝最精細、充滿可能性的部分。照理來說是不應該打開來胡亂更動的部分。但是貝爾札德說如果是你，說不定辦得到。當然，我覺得是因為你得到了「惡魔棋子（evil piece）」才辦得到就是了。』

埃爾莎突然「呵呵呵呵呵！」地笑了。

『胸部龍！乳龍帝！我都和貝爾札德一起看到囉。來到這裡之後，我和他還是第一次大笑呢。』

如此說道的她放聲大笑……真不好意思！原來前輩看到了！

『別害羞。德萊格也別那麼沮喪，應該要樂在其中才對。這麼有趣的赤龍帝，他還是第一個呢——「霸龍（juggernaut drive）」那受到詛咒的咒文是那麼令人毛骨悚然，而「胸部龍之歌」卻能夠使其煙消雲散，讓我和貝爾札德的心充滿喜悅。畢竟我和他的下場都不是很好……』

埃爾莎把盒子遞給我。

『所以，我和他才下定決心，決定相信你一次。』

我接過盒子，把「鑰匙」湊到鑰匙孔前面……大小剛好。一定打得開吧。

『你和這次的白龍皇都和以前截然不同。一方面追求彼此，卻又另有目標。該怎麼說，感覺我們之前打得那麼認真好像很傻——打開它吧。但是打開之後，你就必須負責到底。不可以半途而廢。無論發生任何事都要接受它，並且向前邁進。』

在埃爾莎開口的同時，我將鑰匙插進鑰匙孔——喀嚓一聲打開盒子。

——就在那個瞬間，一陣耀眼的光芒包圍我——

……我睜開眼睛，發現自己身在新幹線上。

……那是夢嗎？德萊格？

『不，你從埃爾莎手上接過盒子，而且打開它了。』

……這樣啊。那麼盒子裡的東西呢？

『不知道。』

喂喂喂！唔，嗯——！我的身體沒有什麼特別的變化啊。

神器(sacred gear)方面又是如何？

『那邊也沒有變化。不過……我覺得盒子裡的東西好像飛到外面了……』

你……你、你、你——說什麼——！

我連忙四處張望——沒有看見任何東西！

真的假的！我的可能性不知道飛到何方嗎！如果就此下落不明，可不是鬧著玩的！這樣我要用什麼臉去見埃爾莎，還有阿撒塞勒老師和別西卜陛下！難得他們幫了我那麼多！

『別那麼慌張。那是你的東西，一定會回到你身邊。因果就是這麼回事。』

話不是這樣說吧……

正當我滿心困惑地嘆氣時——

「嗚、嗚喔喔喔喔！胸部！」

「嗚哇！松田！你幹嘛揉我的胸部！揉男人的胸部有什麼好玩的！」

……松田和元濱在我面前的座位打鬧。混帳！我對兩個大男人摸乳調情沒興趣！現在沒那個閒工夫！

「啊！我到底是怎麼了……突然對胸部充滿渴望……所以才……」

「松田，你的胸部缺乏症這麼嚴重啊……好，今晚我們就在飯店的房間裡舉辦A片鑑賞會！器材全都在我的行李裡面！」

「真的嗎！」

我聽了也忍不住探頭向前！竟有此事！在飯店也看得到A片嗎！

「喔喔，一誠！這樣才是好兄弟！好——！晚上就來看我為了今天特地弄來的『桃色爆乳景色．金閣寺』和『肉色巨乳風光．銀閣寺』吧！」

「喔喔！」

我和松田對元濱的發言大有反應！哎呀——既然德萊格都說盒子裡的東西總有一天會回到我身邊，當然要先顧好胸部囉！

至於班上的女生說什麼「去死啦好色三人組！」「連搭新幹線都這副德性，噁心死了！」之類的話，就當作沒聽見吧。

—○●○—

正當我在新幹線上吃完愛西亞特製的昆布飯糰時。

『即將抵達京都。』

耳朵聽見車內廣播。喔喔！終於到啦！新幹線停靠在車站月台，我們拿著行李下車。

「是京都！」

踏上令人嚮往的古都第一步！我一心看著車站陌生的風景，同時在桐生的帶領之下移動，通過驗票口。

「喔喔！好大——！」

京都車站有一片寬廣的透明天井中庭！車站裡面好像有很多手扶梯！

好大的車站！一點也不輸給東京！畢竟這裡是觀光勝地，又是古都，的確必須把車站蓋得這麼大才行。來來往往好多人！

「妳看，愛西亞！是伊○丹！」

「對、對啊！潔諾薇亞同學！是伊○丹！」

潔諾薇亞和愛西亞顯得相當興奮，東指西指地輪流大呼小叫，看起來好像真的很開心的樣子。

「真希望天界也有這麼漂亮的車站！」

伊莉娜也從不同的角度表現出對這裡的興趣。

「集合地點是飯店一樓宴會廳吧。喂——男生們，還有愛西亞、潔諾薇亞、伊莉娜也別顧著看車站，再不趕快集合的話，下午的自由活動時間就要過囉——」

負責統領小組的桐生對我們三個和愛西亞等人開口。

所有人集合過去，只見桐生拿出簡介，確認位置。

「我看看，飯店就在車站附近……剛才我們是從西驗票口出來……所以要從公車站那邊出車站，然後往右邊走……」

「我們先到外面再說吧。一直待在車站裡根本無法前進。」

聽到松田的話，桐生的眼鏡閃過一道光芒。

「松田，在陌生的土地迷路可是很麻煩的。只要有一個人判斷錯誤就很容易陣亡。」

「這裡又不是戰場！」

「不，松田，桐生的意見很正確。團隊合作很重要。現在還是交給我們的老大桐生來決定吧。說不定京都已經在對我們張牙舞爪了。」

受到潔諾薇亞具有說服力的氣勢震懾，松田也只能低著頭說聲：「我知道了……」

「呀啊——！有色狼！」

車站裡還像這樣傳出女人的尖叫聲。

「我、我要胸部……！」

一名男子雙手不停抓動，致力在性騷擾行為，但是周遭的其他男子制住了他。

「京都也不平靜呢。」

這是元濱的感想。說得沒錯。走到哪裡都有變態——

「好，我知道怎麼走了！出發吧！」

在桐生的帶領之下，我們走出京都車站，邁步進入古都。

「啊，是京都塔！」

松田的一句話吸引了所有人的視線。喔喔！走出車站馬上就在前方看見塔！哇啊——那就是京都塔啊。我們的計畫是在最後一天大家一起去那裡。松田那傢伙手腳還真快，已經拿出相機拍照了。

……我們走了幾分鐘就能看見飯店。只要朝穿著同樣冬季學生服的傢伙所在的方向前進，自然就可以輕易找到。

離開京都車站步行幾分鐘之後，一棟高聳的高級飯店出現眼前。名稱就叫「京都瑟傑克斯飯店」！……我們的魔王陛下的大名在古都好像也很有影響力。

題外話，就在不遠的地方還有一間「京都賽拉芙露飯店」。你們到底在京都車站附近有多少據點啊，各位魔王陛下！

我記得這間飯店背後經營者是吉蒙里家。聽說就是因為這樣，我們才能以優惠價訂房。給站在入口的服務生看過學生證之後，他便親切地為我們說明怎麼去宴會廳。

看著金碧輝煌、豪華燦爛的大廳，松田、元濱、桐生都顯得十分驚訝。

「太驚人了……讓二年級所有人住這麼豪華的飯店，我們學校付得起嗎……？」

松田的意見很理所當然，不過這也證明吉蒙里家的力量有多麼強大。

然而潔諾薇亞的反應卻很平淡。

「嗯——是很豪華，但是和社長家比起來還是稍微遜色了點。」

的確是這樣沒錯。畢竟那裡是真正的城堡。我看見這間豪華飯店之所以不太驚訝，也是因為見識過社長家。上級惡魔真了不起。

從大廳向前走了幾步，我們找到宴會廳的入口。走進裡面看見已經有不少駒王學園的學生聚集在廣大的宴會廳。

集合時間一到，各班開始一組一組點名，確認有沒有人沒到。

所有人都坐在宴會廳的地上，仔細聆聽老師交代的事項。

阿撒塞勒老師和羅絲薇瑟兩人好像在討論什麼……

啊，輪到羅絲薇瑟報告了。她站到學生前面。不知道她要交代什麼？

「百元商店在京都車站的地下購物中心，如果有缺什麼東西就到那裡去補齊。使用零用錢必須謹慎考量。在學生時代習慣亂花錢的話，長大以後也不會是什麼像樣的大人。錢財是四處流通的，要是亂花一下子就沒了。正因為如此，老師才希望你們去百元商店買東西——百元商店是日本的至寶。」

居然提到百元商店！有必要講得那麼激動嗎！她連百元商店在哪裡都調查過了！

羅絲薇瑟來到日本之後，什麼東西都在百元商店購買，但是我從沒想過她喜歡到這種地步！看來百元商店裡面有很多東西可以抓住前女武神的心。那裡確實是很方便沒錯。

啊啊，阿撒塞勒老師扶著額頭。要和羅絲薇瑟對話好像很辛苦……

羅絲薇瑟隨口報告幾件事之後結束，把時間交給別的老師。那個老師進行最後的確認。

羅絲薇瑟一任職就立刻得到學生的喜愛。貌美、認真，又有點脫線，這樣的特質完全抓住男女學生的心。而且她跟學生的年紀也很接近，大家都親暱地叫她「小羅絲薇瑟」。

「——以上還請大家牢記在心。那麼各自回到房間放好行李之後，下午五點半之前都是自由活動時間，不過請不要到太遠的地方。範圍限制在京都車站附近。五點半以前一定要回到房間。」

聽前面的老師做完最後確認之後。

「好——」

二年級全體學生如此回答，在宴會廳的集體點名、飯店的注意事項、今天下午的行動等等的說明就此結束。

大家各自拿著行李，在宴會廳的出入口從飯店員工手上接過房間的鑰匙。房間好像是西式的雙人房。只有我一個人落單，所以我可以一個人睡一間！這樣還挺開心的。畢、畢竟就算是出外旅行，正值敏感時期的男生每天都會累積很多東西……正當我想著這些事時，輪到我們領鑰匙了。

「一誠，你的鑰匙是這把。」

松田他們也接過鑰匙……只有我的是阿撒塞勒老師給的。

看著面露詭異笑容的老師，我心裡覺得奇怪。不過之後馬上知道是為什麼了。

駒王學園的學生住的飯店房間是寬敞的西式雙人房。走進房間可以看見兩張大床，還能夠從窗戶眺望京都車站周邊的景緻。

「好棒——————！」

「讓人再次感覺就讀駒王學園真是太好了。」

松田大聲喊叫，元濱則是靜靜地感動。

這間是松田和元濱的房間。那麼唯一落單的我又是怎樣的房間……

只有我的房間不在這一層樓……有種不祥的預感……

從男生住的樓層向上兩樓，角落有個房間和其他的明顯不同，是日式的拉門。

——拉開門之後。

「這……這裡就是我的房間……？」

我被帶進一間四坪大的和室，眼角不禁抽搐。裡面的家具也只有舊電視、圓餐桌等最低限度的東西！而且全部都很舊！

「哈哈哈哈哈哈！真的假的！只有這間是和室！而且只有四坪左右？哎呀——果然是一誠專用！」

「不是床鋪，而是鋪綿被啊。而且只有你一個人。難道……旅行資金的調度造成的影響顯現在這種地方了嗎？」

松田捧腹大笑，元濱則是一邊忍著笑意，一邊冷靜分析！

可惡！為什麼只有我是這種待遇！

這是怎樣？因為覺得社長家比這間飯店豪華就遭到天譴嗎！

廁所和浴室……幸好都有。不過還是沒有西式房間那麼豪華！

我快哭出來了！這時有人敲門。

「一誠同學？你在裡面嗎？」

是羅絲薇瑟。她身上穿的是運動服。已經換好衣服啦。

我接近羅絲薇瑟，和她交頭接耳。

（羅絲薇瑟！只有我睡這種房間，再怎麼說也太過分了……）

（請你忍耐一下。原則上這個房間是莉雅絲準備給我們討論事情的地方。）

（在這裡討論事情？啊——惡魔方面的？）

（嗯，就是這麼回事。先保留一個可以談話的地方，以防在京都發生什麼事時可以派上用場，總是有利無弊。而這個房間就分配給碰巧落單的一誠。）

身為惡魔的我們在京都需要談話用的房間。

因為有這層意義，所以只有這個房間像是隔離的和室啊。可是不用特地拿來當成我專用的房間吧……出來教學旅行，我也希望自己的房間和大家一樣是豪華的西式房間！

不過真希望這個房間不要派上用場。因為這樣就表示在京都沒有發生任何事。

（那就請你忍耐囉，一誠。）

羅絲薇瑟把手放在我的肩上，以開導的語氣再次強調。

「就是這麼回事，我還要和其他老師開會，之後的事你們自己處理吧。下午雖然是自由活動時間，也不要玩得太瘋了……不可以給京都的人們添麻煩喔？」

「好──」

我們三人大聲回答。

「那麼我得先從找到阿撒塞勒老師開始。那個人……在宴會廳集合確認結束之後一下子就溜得無影無蹤……所以我才說那個神子監視者（grigori）的總督……」

羅絲薇瑟一面抱怨，一面離開房間。阿撒塞勒老師早早閃人了吧。他從出發旅行之前就經常說些「藝妓！我要先去找藝妓！接著要大啖京都料理！」之類的話，計畫大人的玩法。居然已經出發了，真不愧是老師！

可惡，我也想和藝妓玩啊！

這時元濱拿出京都的地圖，對心有不甘的我說道：

「吶，一誠。雖然不在原本的計畫裡，不過下午的自由活動時間去伏見稻荷怎樣？」

「伏見稻荷？喔──就是那個有很多鳥居排排站的地方吧。」

之前在電視上看過的風景浮現腦中。那邊有一整排紅色的鳥居吧。

「沒錯沒錯。那裡距離京都站只有一站。剛才我問過其他老師，得到許可了。」

「是喔，既然老師都說ＯＫ，過去好像也無妨。」

聽到我的意見，松田也邊擦相機的鏡片邊說：

「如果不趁有時間的時候去想去的地方，京都的名勝可是多到逛不完喔？」

「那麼我們去邀愛西亞她們吧。」

兩人回應我的提議。

「好——！」

就是這樣，下午要去參拜狐仙大人！我們的京都旅行正式開始！

—○●○—

距離京都站一站的地方有「稻荷站」，在那裡下車就可以進入通往伏見稻荷的參道。

我們搭乘電車搖晃幾分鐘，抵達稻荷站。

「喔——快看，愛西亞、伊莉娜，店門口擺了很多罕見的東西耶。」

「哇啊——好多可愛的狐狸。」

「在這裡買點紀念品，零用錢應該也夠用吧？」

才剛到這裡，教會三人組很快地開始享受京都的氣氛。看愛西亞她們玩得那麼開心，就會覺得她們三個和普通女學生沒什麼兩樣。

「美少女三人組暢遊京都的模樣。首先是第一張！」

松田在一旁按下快門拍攝愛西亞她們。

「喂，幹嘛不拍我啊？」

桐生瞇著眼睛抗議。

走進最外面的一番鳥居，就可以看見高大的門。兩旁有著石獅子一般的狐狸石像。

「……這是驅魔像吧。照理來說，這個東西的力量應該能讓我們這些魔性的存在無法接近，看來是因為那張通行券才沒有引發騷動。」

潔諾薇亞看著那對充作石獅子的狐狸開口。

「果然有人在看著我們嗎？」

我在車站下車之後就一直有種不對勁的感覺，於是便說出口。沒錯，那種氣息就好像是有人在監視我們。

「嗯，這也是當然的。我們是天使和惡魔。對於掌管這裡的存在而言是來自外界的異類。即使事先聯絡過了，原則上還是會派人監視吧。」

也對，仔細想想也是如此。我聽說京都這裡聚集日本各種超自然存在，對他們而言我們的確是外人沒錯。

儘管有些介意，我們還是順利進門。往前走就是本殿。再往前走可以看見登上稻荷山的樓梯。我們一邊拍照一邊前進，最後決定挑戰一邊欣賞千本鳥居一邊爬山。

在山路上走了幾十分鐘。

「……吁——呼——等……等我一下……為、為什麼你們的體力那麼好……？」

元濱已經上氣不接下氣。松田則是一面嘆氣，一面站在高他幾階的地方開口：

「喂喂，元濱，你真沒用。愛西亞她們都很有精神喔。」

松田的運動神經很發達，爬這點樓梯不至於會叫苦連天。

至於我們惡魔，基礎體能原本就比人類強。再加上我們有在訓練，爬這點山算不了什麼。我在暑假期間甚至還在山上閉關修煉，這種程度的運動連大氣都不會喘一下。

……坦尼大叔，這種程度的山路我爬起來一點也不累喔。我在心中感謝冥界的前龍王。

途中我們在休息處的商店逛了一下，然後繼續挑戰伏見山。元濱已經快要喘不過氣來。

「喔——這就是所謂的絕景吧。」

「就是說啊，真是美不勝收！」

「那就拍下來吧。對了，聽說這座山會有當地學校的學生當成跑步路線喔？今天好像沒有人在跑就是了。」

潔諾薇亞和愛西亞為了伏見稻荷的山野風光而感動，桐生則是一面說出小知識一面拍攝風景。

不過還真的怎麼走都是紅色的鳥居，而且鳥居上還寫著公司行號的名稱。大概是許了什麼願之後供奉在伏見稻荷這裡吧。

總覺得看見山就會想看山頂。這也是在山上修煉的習慣。

要爬山就得攻頂！的感覺。

「不好意思，我想先走一步去山頂看看。」

我向大家交代一聲，然後奮力衝上階梯。

哎呀——在我還是人類時，這趟山路跑完肯定半死不活，但是我變成惡魔之後整天修煉，所以輕輕鬆鬆！

我一面注意避免妨礙其他觀光客，一面爬上階梯。最後來到一處看似山頂的地方。

…………這裡只有一間老舊的社祠。

嗯——這裡就是山頂？老實說我只是隨便亂跑，其實途中還有路通往別的地方。應該還有其他可以觀光的地方吧。

這一帶的樹木相當茂密，明明太陽還沒下山，卻顯得有些陰暗。

沙——……

風吹得樹木沙沙作響，又沒有什麼人。除了我之外沒有其他人。那麼接下來呢？

拜一下這座社祠就下山吧。大家應該往上爬了吧。

我拍了兩下手，合掌往社祠一拜。

『請保佑我可以看到、摸到很多胸部！請保佑我交到女朋友！請保佑我可以和社長還有朱乃學姊做色色的事！』

我在心中像這樣默念下流又老實的願望之後，準備離開這裡——

「……你不是京都人吧？」

——

突然傳來一個聲音。我注意一下四周……

哎呀呀，我好像被包圍了？有好幾個明顯不是人類的氣息。

……雖然不算強，但是數量還不少。不過我的感應力也已經敏銳到這種程度了！好、好吧，在被包圍之前我都有沒察覺……

我稍微繃緊神經，此時出現在我身前的——是個身穿巫女服的可愛小女孩。

「……女孩子？」

閃閃發亮的金髮，還有金色的雙眸。外表看起來大約小學低年級吧。

但是看到她頭上的東西，我就知道她不是人。

——獸耳。

她和小貓一樣，頭上長著耳朵。感覺應該不是貓又。屁股上也有一條毛茸茸的尾巴！是狗妖嗎？不，既然這裡是伏見稻荷，大概是狐狸吧？

話說為什麼狐仙會出現在我面前？因為我是惡魔？可是我有通行券啊……

之前一直感覺到的監視者就是這個傢伙嗎？

啊！難道說這裡不可以許有關胸部的願望嗎！正當我這麼想時，獸耳少女狠狠瞪著我，用力大喊：

「可惡的外地人！你竟敢……！大家上！」

少女一聲令下，從樹林中出現一大群山伏打扮，長著黑色翅膀和鳥頭的人，以及身穿神主服裝，戴著狐狸面具的傢伙！

「喔喔！怎麼了怎麼了！長、長得像烏鴉的，天、天狗……？狐狸？」

我因為第一次碰上這種對手而嚇了一跳，然而少女毫不留情地指著我說道：

「把母親大人還來！」

天狗和狐狸神主同時攻擊我！

我瞬間變出手甲，並且閃避那些傢伙的攻擊！這、這種程度的攻勢我勉強還能應付！

「母、母親大人？妳在說什麼！我又不認識妳媽！」

我對著少女大喊。我是真的不認識！剛來到京都的我怎麼可能認識這個傢伙的媽媽！

但是少女似乎不打算聽我解釋！

「少說謊！你瞞不過我的眼睛！」

我沒有要瞞妳！真是的，才剛到京都沒多久就這樣，太倒楣了吧！

總之我決定先貫徹閃避再說，但是天狗的錫杖朝我揮落。要中招了！

正當我有所覺悟時——

鏘！

有個人影代替我擋下對方的錫杖。

「發生什麼事了，一誠？」

「怎麼回事？他們是妖怪吧？」

潔諾薇亞和伊莉娜前來助陣了！

她們兩個手拿木刀，大概是在紀念品店買的吧。愛西亞稍微晚了幾步趕過來。

我們四個到齊之後，少女一行人的驚訝、憤怒顯得更為激烈。

「……我懂了，原來是你們幾個把母親大人……簡直罪無可赦！骯髒的魔性存在！竟敢玷污神聖的地方！我絕對不會原諒你們！」

……看來就算想跟她溝通也沒辦法！單方面挨打也很令人不爽！

事到如今，至少先讓我反抗一下撐過這個局面再說！

「愛西亞！社長有把那個給妳吧？」

「有！」

我這麼一問，愛西亞便從裙子的口袋裡拿出一張畫著吉蒙里家紋的卡片。

那是代理認證卡，當我們在京都出事時可以用來代替不在場的社長承認我的升變。愛西亞從社長那裡接過這個，以備在教學旅行這幾天裡的不時之需。

之所以會交給愛西亞，是因為由應該經常和我在一起的人攜帶這張卡片比較好。的確，我和愛西亞在教學旅行期間隨時都在一起！

「我要上了！咦，呃……」

我原本想說「皇后（queen）」，但是必須在實戰當中習慣其他棋子！在伏見稻荷這種名勝戰鬥，不可以使用破壞力太強的棋子。

社長也特別強調「聽好囉，一誠？不可以破壞京都喔。不然其他勢力會有怨言，對於惡魔業界也是困擾。最重要的是，要好好愛護我最喜歡的京都」！

我不能破壞社長喜歡的地方！

「好，升變為『騎士（knight）』！」

力量流進我的體內，我感覺身體變輕了！如果只是靠速度把他們耍得團團轉，應該不會傷到稻荷大社！

原則上先用赤龍帝的手甲（boosted gear）累積力量三十秒，增強我的能力好了！

『Explosion!!』

我發動神器（sacred gear）的能力！這樣就沒問題了！

潔諾薇亞和伊莉娜手拿木刀。感覺她們兩個即使用木刀也能大肆破壞，還是先提醒她們一下好了。

「潔諾薇亞、伊莉娜，雖然搞不太清楚狀況，不過這裡是京都。儘管狀況有點莫名其妙，傷到對手和周遭的環境還是不太好。盡可能控制在逼退他們的程度就好。」

「收到。」

她們兩個都回應我的意見。

啪！

少女和她的同黨一舉襲向我們！

潔諾薇亞和伊莉娜以木刀架開那些傢伙，破壞對手的兵器，展現她們過人的實力。我一面保護愛西亞，一面快速閃躲敵人的攻擊，頂多只是把他們踢飛。

好！我和潔諾薇亞、伊莉娜都比對手強！嘿嘿嘿！修煉果然有效！我的動作比這些傢伙都要快！

我要在實戰當中記住「騎士（knight）」的動作！時時不忘鍛鍊！

了解到我們比較強的傢伙都退到後面去了。

少女以憎恨的眼神瞪著我們，然後舉手制止：

「……撤退。憑目前的戰力贏不了這些傢伙。可惡，你們這些邪惡的傢伙。我一定會把母親大人從你們手上討回來！」

少女只留下這句話，便和那群人一起消失在風中。

……真是的，這是怎樣！

我們收起架式，只有莫名其妙又不明就裡的襲擊在我們心中留下疑問。

——京都。

我有預感，某種我們不希望發生的事正要發生。

—○●○—

——第一天晚上。

「我吃飽了——」

我們在飯店吃晚餐。菜色全都是豪華的京都料裡。湯豆腐真是超讚的！原來腐皮的口感那麼細緻又軟嫩……很少吃到的京野菜也很好吃。

——總算可以休息了。

遭受襲擊之後，我們迅速和松田他們會合，保持警戒把伏見稻荷逛完。看我們那麼緊張，松田他們也覺得很奇怪。

回來之後，我們向阿撒塞勒老師和羅絲薇瑟報告這件事。他們都相當困惑——

「為什麼會在京都遭到襲擊？」——

我們惡魔要到京都旅行，應該已經事先告知統領這裡的人。

老師說他會再確認一次。我原本還在猶豫要不要向社長報告，但是老師說「還不知道發生什麼事，別讓她多擔這些不必要的心」我才打消這個念頭。

要向社長報告的話，資訊確實還不夠。

……話說回來，我那飛出去的可能性不知道跑哪去了……

原則上我也向老師報告了——

「既然總有一天會回到你身邊，等待也是一種做法。在旅行途中你就等等看吧。我也有幾個手下來到這裡，我會叫他們看見類似的東西時向我報告。」

他是如此回答。

嗯——才來京都沒多久就發生了好多事……總之這些事情全都交給上面的人處理吧。

吃完飯之後，我在大廳找張桌子和另外兩個色狼還有女生們確認明天的行程，之後到松田和元濱的房間玩了一下。

然後我回到房間，在鋪好的被窩上休息了十幾分鐘。

——差不多了吧。

我原地起身，輕輕拉開房門。左右確認了一下。沒有任何人。

很好很好。我躡手躡腳出了房間，打開逃生門。

……現在是在大浴場洗澡的時間！當然要去偷窺！偷窺那些總是瞧不起我的同班女生！

哼哼哼哼哼！讓我看遍妳們赤裸的每一寸肌膚吧！

我的嘴角忍不住上揚。在體內湧現的性衝動驅使下，我走下樓梯。

這時我看見通往女生浴場的逃生梯轉角，有一個人影——

仔細一看，那是羅絲薇瑟。她身穿運動服，像是在等待我的到來。

呵……我露出諷刺的笑容。

果然被她發現了嗎——發現我要去偷窺。

「你會去浴室這件事，我早就料到了。」

羅絲薇瑟嚴陣以待。

「身為老師，我要死守女學生的裸體！」

我緩緩走下樓梯，語氣平淡地開口：

「羅絲薇瑟……就算是夥伴，唯獨這件事我不會退讓——我要去偷窺女生浴場。」

我們在彼此的攻擊範圍邊緣停下腳步，互瞪半晌。然後——

「喝！」

啪啪！

我和羅絲薇瑟在逃生梯點燃戰火！

這裡是飯店，不能使出太高調的攻擊。就算真的開打，頂多只能用小規模的魔力攻擊和拳打腳踢吧。

並非禁手(balance breaker)狀態的我，以正常的戰鬥方式根本打不贏羅絲薇瑟。然而對手也無法在飯店裡使用強力魔術，那又另當別論。

我變出手甲，從手中發射幾發小規模的迷你神龍彈，對抗羅絲薇瑟的冰魔術。

哼哼哼，妳在這裡不能使用火焰和爆炸系的魔術！

幾發冰箭突破神龍彈，不過我在肚子裡製造火種，從口中吐出熱能，瞬間融化那些冰箭！我再怎麼說都是龍，這種程度的熱浪攻擊還辦得到！

「唔！攻擊比平常還要犀利！一旦與性有關，你的力量就會提升到這種境界嗎……！簡直不正常到了極點！」

「只要能看見班上女生的裸體，即使要我今天和妳在這裡打個兩敗俱傷也無所謂！」

「好驚人的色狼毅力！我說你啊！你不是幾乎每天都看莉雅絲和朱乃的裸體，而且還有得摸嗎？這樣已經夠了吧！」

「一碼歸一碼！那是兩回事！」

「夠了——！你這隻花花公子龍真是無藥可救！」

是嗎？我算花花公子？總覺得我在家裡一直都是被那些女生玩弄於股掌之間……

「順便告訴你，就算過了我這一關，後面還有各位二年級的女性西迪眷屬會緊盯著你。最後的手段還可以讓匙覺醒為龍王來阻止你——無論如何，你都無法偷窺女生浴場。」

什麼！防禦陣形已經如此完備嗎！他們打從一開始就知道我會去偷窺浴場了吧！不愧是羅絲薇瑟和西迪眷屬！

話說不過只是要阻止我偷窺，就打算叫匙變身成龍王，他們認為我有多危險啊！他們覺得要阻止赤龍帝偷窺，就得帶龍王過來嗎！

「還請稍微通融一下！如果沒有這種肚量，妳可是永遠交不到男朋友！」

我的發言讓羅絲薇瑟突然變得慌張。

「男男男男男男男男男男男、男朋友跟現在的狀況無關吧！反、反、反正我就是還是處女的前女武神！我也想交個前途無量的帥氣男友，和他做色色的事啊——————！」

羅絲薇瑟如此大叫，全身上下同時散發魔力！

啪嚓！啪嚓！

連逃生梯都因為她的震撼力大幅搖晃！

糟糕！剛才那番話讓羅絲薇瑟散發的壓力增強不少。瞧她快哭出來的模樣，大概被是我打開什麼奇怪的開關吧！再這樣下去連這座樓梯都會遭到破壞！而且我也會死！

既然如此只有賭一賭了！只能靠那招阻止羅絲薇瑟了！

「我饒不了你！」

羅絲薇瑟手上發出的電擊在逃生梯上四處流竄！

我躲過羅絲薇瑟的魔術攻擊，設法拉近距離。稍微被電了一下，但是要忍耐！

同時我將想像力發揮到極限，把魔力送進腦中。

……好！我妄想出那個畫面了！接著解放累積的神器(sacred gear)之力！

『Explosion!!』

準備完成！我脫下運動服的外套，往前拋了出去！藉此暫時遮蔽她的視線！這樣應該可以讓她瞬間掌握不到我的動作！

「這不算什麼！」

羅絲薇瑟以風之魔術吹開運動外套——但也因此產生些許可乘之機！別小看我在性慾方面的行動力！羅絲薇瑟反應過來之後立刻準備對付我，不過我以多變的動作穿插假動作，總算是——碰到她的衣服！

「粉碎吧——！『洋服崩壞(dress break)』！」

我把魔力送進羅絲薇瑟的衣服——她的運動服便發出破裂的聲音，豪邁地炸開！

洋服崩壞(dress break)成功！不過我終於也對羅絲薇瑟用了這招！

喔喔！身材真棒！仔細想想，我是第一次看見羅絲薇瑟的全裸模樣！美麗的胸部令人感動！太漂亮了！社長的胸部已經算是美乳了，然而羅絲薇瑟無論形狀尖端，不分左右兩邊，都是美到不行！再加上她的美腿和纖腰，以及苗條的體型，看起來更像藝術品！

羅絲薇瑟流淚了。這、這下……鬧過頭了……

「嗚、嗚嗚……」

「對不起，我不是故意的。」

面對道歉的我，羅絲薇瑟一面哭泣一面大發雷霆：

「你打算用不是故意的幾個字帶過嗎！這、這套運動服是我在特價時以九百八十元買的耶！現、現在說不定要價三倍以上！胸罩和內褲也是我趁著便宜的時候買的——！」

她是因此而生氣嗎！比起被我看見裸體，衣服破了更讓她生氣嗎！不、不愧是對金錢斤斤計較的前女武神！

「啊！討厭！這、這下子嫁不出去了！」

羅絲薇瑟終於察覺到自己的狀況，用手遮住身體！順序顛倒的反應讓我感到困惑！

「現在才遮！」

「什麼叫做現在才遮！你知道把衣服碎成一片一片有多麼浪費嗎！你那招洋服崩壞(dress break)太不環保了！而且你的性慾也太旺盛了！應、應該用了不少衛生紙吧！老師不能允許這種行為！資源是相當寶貴的！」

居然對我說起洋服崩壞(dress break)破壞的東西有多麼寶貴！這、這種人，我、我還是第一次遇到！而且還因為性慾連帶提起衛生紙的使用量！的、的確，身為性慾旺盛的高中男生，衛生紙確實……

羅絲薇瑟真的是個很小氣——不不不，是個很注重環保的人！

百元商店女武神，是個讓人不禁覺得有點遺憾的大姊姊。

「這還是頭一次有人這樣教訓我！不，對不起！我向妳道歉！」

事到如今我也沒有心情去女生浴場了。這時有個人影靠近。仔細一看——

「呃——看你們玩得這麼開心，真是不好意思。」

是阿撒塞勒老師。他瞇著眼睛抓抓頭，一副看不下去的樣子。

「阿撒塞勒老師！你、你為什麼會在這裡？」

「喔，因為有人叫我和你們過去一趟。她好像到附近的料亭了。」

叫我們過去？什麼意思？到附近的料亭了？

「誰啊？」

聽到我的問題，老師揚起嘴角：

「魔王少女陛下。」

—○●○—

我們吉蒙里眷屬和伊莉娜在晚上離開飯店，在老師的帶領之下，來到位於市街一角的料亭前面。

「料亭『大樂』……利維坦陛下在這裡啊。」

沒錯，賽拉芙露·利維坦陛下好像蒞臨京都了。

我們和老師應利維坦陛下的邀約來到這裡。

料亭的人帶領我們進去，穿過充滿日式風味的走道，出現一個包廂。

門一打開——就見到身穿和服的賽拉芙露陛下坐在裡面。

「哈囉！赤龍帝小弟、各位小莉雅絲的眷屬，好一陣子沒見到你們了☆」

利維坦陛下和往常一樣興奮地問候我們。

陛下好適合穿和服。為了搭配和服，今天還把一頭長髮挽起來。

「喔，兵藤，你們來啦。」

是匙和西迪眷屬的二年級女生。他們已經先來啦。

「嘿，匙。京都怎麼樣？下午有去哪裡玩嗎？」

「我們可是學生會。今天下午都在幫老師的忙。」

匙忍不住嘆氣。那還真是辛苦你們了。既然是學生會成員，這也是無可奈何的。

不過「騎士(knight)」巡同學、「城堡(rook)」由良同學、「主教(bishop)」花戒同學和草下同學，他們那邊的二年級女惡魔也有很多漂亮的女孩子……匙是學生會裡唯一的男生，讓我好羨慕他。

「這裡的料理非常好吃喔。尤其雞肉料理更是極品☆赤龍帝小弟、匙、大家都多吃一點喔♪」

我們一坐到位子上，利維坦陛下便加點了一大堆料裡。我們才剛吃過晚餐……

啊，可是稍微嚐了一點發現東西都很好吃，忍不住一口接一口。仔細一看，大家的反應都是這樣。

「那麼利維坦陛下為什麼會來到這裡呢？」

面對我的疑問，利維坦陛下比出打橫的勝利手勢回答：

「我來到這裡，是為了和京都的妖怪建立合作體制☆」

不愧是外交負責人，很認真在工作呢。這樣啊，要跟妖怪建立合作體制。

然而利維坦陛下放下筷子，可愛的臉上蒙上陰霾。

「可是……這裡好像發生很嚴重的問題。」

「嚴重的問題？」

利維坦陛下回答我的問題：

「根據京都當地妖怪的報告，統領此地的妖怪大將，九尾不久之前失蹤了。」

陛下的話讓我想起下午發生的事。

——把母親大人還來！

那個少女的話鮮明地在我的腦裡重現。九尾，就是有名的九尾狐吧？這麼有名的傳說我還算聽過。漫畫之類作品的裡也經常出現。

「——該不會……」

大概是知道我想說什麼，利維坦陛下點點頭：

「是啊，我聽小阿撒塞勒提過你們的報告了。我想應該就是那麼回事吧。」

老師將酒杯裡的酒一飲而盡之後開口：

「也就是說統治這個地方的妖怪被擄走了。下手的——」

「十之八九是『禍之團（Khaos Brigade）』吧。」

利維坦陛下以認真的表情這麼說。

…………

就連出來旅行都會碰到恐怖組織啊。

那個獸耳少女的母親大人——也就是九尾被那些傢伙擄走了，然後她誤以為是我們下手的，才會襲擊我們。

「你、你們又惹了什麼麻煩嗎？」

匙眼角不停抽搐。我們眷屬總是很容易被捲進問題當中，非常抱歉！

「真是的，我們光是照顧教學旅行的學生就很忙了，那些恐怖分子真是找麻煩。」

老師忿忿地罵道。呃，你明明說要來這裡找藝妓玩的不是嗎……？

利維坦陛下一面為老師斟酒一面說道：

「無論如何，這件事還不能公諸於世。必須由我們幾個設法解決才行。我打算直接和協助我們的妖怪合力處理這件事。」

「知道了。我也會以我的方式進行。真是的，都來到京都還要找我們麻煩，那些傢伙真煩人。」

老師再次把酒乾了，唸唸有詞。我想他一定是因為可能沒辦法去找藝技玩，才無法原諒那些恐怖分子吧。

旅行第一天就碰上麻煩事……不過我們該如何是好呢？老實說，這樣實在沒有心情管什麼旅行……不，畢竟這是高中生活中相當珍貴的教學旅行，可以的話我是很想平平安安享受觀光的樂趣。

但是我身為吉蒙里眷屬、身為惡魔，有種必須盡一己之力的衝動在催促我。

「請、請問，我們呢……？」

我戰戰兢兢地發問，老師嘆氣苦笑：

「總之你們先好好玩吧。」

「咦，可是……」

見到我有所顧慮，老師伸手搔亂我的頭髮：

「有事情的話我會找你們的。不過對你們這些小鬼來說，教學旅行很珍貴吧？我們大人會盡量設法解決這件事，所以你們先在京都好好玩吧。」

老師……老師這句話讓我有點感動。

太狡滑了。平常明明是個油嘴滑舌的總督，只有在這種時候會說帥氣的話。

「就是說啊，赤龍帝小弟，小蒼那的眷屬們也是。現在就先好好地在京都玩吧。我也要盡情地玩！」

利維坦陛下也如此說道。搞不好陛下才是最想在京都玩得盡興的人。

因為不想讓兩位大人多操心，我們決定繼續觀光行程。

現在也還不能向社長報告……不過若是發生什麼事，我也會有所行動。

我想守護社長最喜歡的京都。

Life.3 英雄一行人大駕光臨

「好！再來！」

「是！」

清晨。旅行第二天的早上。天色才剛泛白，我和愛西亞已經借用飯店的樓頂進行訓練。

總而言之，我是從基本動作開始徹底訓練。愛西亞則是負責在我練習衝刺時幫我計時，或是在練習反射動作時在極近距離對我發射魔力。我正在反覆練習瞬間對來自極近距離的攻擊做出反應，進而閃躲的練習。

基礎訓練再加上這個，在遊戲開始之前我每天早晚都要練！無論如何鍛鍊就對了。想彌補我和塞拉歐格還有瓦利之間的差距，這是最有效的方法。

——我要變強！

一步一步慢慢來。為了確實前進，我更得訓練！

「不好意思，愛西亞。連教學旅行期間都要妳陪我修煉。」

我一邊喘氣一邊開口。愛西亞搖搖頭：

「沒關係。和一誠先生一起共度的京都早晨很有趣。」

她笑容滿面地如此說道。啊，這個孩子怎麼會這麼乖！愛西亞真是我最寶貝最寶貝最引以為傲的愛西亞！

「有個對手效率應該會比較好吧？」

這是木場的聲音。仔細一看，不只木場，連潔諾薇亞也來了。

「既然都買了木刀，我也在不會破壞這裡的程度練習吧。我們也快要和那個大王家的繼任宗主進行遊戲了。」

潔諾薇亞……妳的心意我很高興，不過妳該不會想帶著木刀觀光吧？不過為了避免破壞觀光景點又得因應敵人的攻擊，好像也只能這樣了。

正當我這麼想時，木場在手上創造出短刀。

「潔諾薇亞，有什麼萬一就用這個應戰吧。」

「喔，神聖的短劍啊。這樣就可以藏在包包裡了。多謝。」

潔諾薇亞接過木場遞給她的短劍，在手上靈活轉動。木場在達到禁手(balance breaker)之後不只是魔劍，也稍微能夠創造聖劍。不過和真正的、傳說中的聖劍相較之下，力量還是完全比不上就是了……

——不過敵人啊。

我剛才也想到這件事，不禁感到有點無力。

來到這裡也可能要戰鬥啊。是我的龍之力吸引來的？……希望不是這樣。

我拍拍自己的臉幫自己打氣。得重新振作起來才行。

「好！我們就打到早上點名為止吧！」

就是這樣，我重新開始晨間訓練。

—○●○—

「——那麼弟兄們！出發囉！」

「喔喔——！」

眼鏡閃爍光芒的桐生指著公車站，我們男生則是扯著喉嚨大吼！

第一天雖然發生一些事，但是我們決定順從老師等人的好意，在還可以觀光時好好觀光。匙他們也說今天要到處逛逛。

第二天的行程從搭公車開始，要在京都車站前的公車站搭乘前往清水寺的公車。我們在京都車站買了公車的一日票之後，就和其他學生一起排隊等車。

上車之後一路坐到清水寺。看著陌生的街景，抵達我們要下車的站牌。

我們在附近稍微逛了一下，便爬上山坡朝清水寺邁進。喔喔，坡道兩旁林立的商店都是充滿風情的日式房舍。

「這裡是三年坂，據說在這裡跌倒的話，三年內會死喔？」

桐生在一旁說明。

「啊嗚嗚嗚！好可怕！」

愛西亞似乎真的很害怕地抓住我的手。雖、雖然只是傳說，但是笨手笨腳的愛西亞很容易跌倒，會害怕也是理所當然的。抓著我是比較安全。

——這時潔諾薇亞也捉住我空著的那隻手。

「妳、妳怎麼了，潔諾薇亞？」

我訝異地發問，潔諾薇亞雖然一臉鎮定地開口，聲音卻有點顫抖。

「日本會在坡道設下這種可怕的術式啊……」

她相信了！潔諾薇亞偶爾會這樣嚴重會錯意！不過我覺得這也是她可愛的地方。

就是這樣，我在兩名美少女的包夾之下走上坡道。在這段期間裡，我感覺到兩個臭男生充滿怨恨的視線……哼哼哼，適度的忌妒真是讓人心曠神怡。

爬完坡道之後，前方是個巨大的門樓！這裡就是清水寺！

我們鑽過大門——也就是仁王門，進到寺院境內！

「妳看，愛西亞！是寺院！匯聚異教徒文化精華的地方！」

「是、是啊！從外觀就可以感覺其中的歷史！」

「異教徒萬歲！」

教會三人組興奮地說著很失禮的話！我、我說妳們三個，這裡好歹也是神佛聚集的地方，我想祂們應該在看，注意一下禮節好嗎？

在電視上看過的清水舞台！我俯瞰下方……嗯，高是很高，但是現在的我就算摔下去應該也不會有事吧？我不禁這麼想。不行不行，我學到太多戰鬥方面的東西了！

「聽說從這裡摔下去多半還是可以得救。」

桐生如此說明。是喔──人類也不會有事啊。話說真的有人摔下去喔？

境內有些保佑平安和學業，還有戀愛的小社祠。

我投了零錢到賽錢箱裡，意思意思拜了一下。畢竟我也是學生。不過身為惡魔，神佛不知道會不會保佑我就是了。然而我還是想上大學。

「兵藤，你和愛西亞抽支戀愛籤吧。」

在桐生的鼓吹之下，我和愛西亞抽了戀愛籤。來看看我們的速配度……

「是大吉。未來安泰。這支籤說我們很合得來喔，愛西亞。」

我大略將籤紙上的內容告訴愛西亞──愛西亞雙頰泛紅，非常高興的樣子。

「太好了！我好高興！真的……很高興……」

她小心翼翼地捧著籤紙，眼泛淚光！喔喔，看到她這麼高興，我也跟著不好意思起來！這就表示我和愛西亞的關係得到這裡的神佛保證囉。感激不盡！我又拜了一次。

「太好了。」

「對啊，太好了。」

「不知怎麼，我也放心多了。」

潔諾薇亞、伊莉娜、桐生在一旁用力點頭，看起來很高興。別這樣好嗎，真的怪不好意思的。

「……我們完全被當成局外人了耶？」

「別哭了，松田。回飯店之後再揍一誠就好。」

啊啊，有兩個男人在角落醞釀低迷的氣氛！

之後我們在寺裡逛了一圈，隨手買些紀念品，便前往公車站。

「接下來是銀閣寺。再拖拖拉拉的，時間一下子就過去囉。」

桐生一邊看手錶一邊帶隊。的確，不知不覺已經過了早上十點。想逛完剩下兩個地方的話，就必須依照桐生所言，加快動作才行。

接下來是銀閣寺！坐上前往銀閣寺的公車，我們離開了清水寺。

「不是銀色的？」

抵達銀閣寺，看見寺院的潔諾薇亞一開口就是這樣大叫。

對、對啊，銀閣寺不是銀色的。潔諾薇亞顯得大受打擊，失望到合不攏嘴。

「……潔諾薇亞在家裡也一直說『銀閣寺是銀色的，金閣寺是金色的。一定相當光彩奪目吧。』眼神發亮，相當期待呢。」

愛西亞摟著潔諾薇亞顫抖的肩膀開口。

這樣啊。看來她對這裡抱持很美好的想像。

「關於這個部分有很多說法，像是負責建設工作的足利義尚死後就不再繼續貼銀箔，也有一說是因為幕府的財政吃緊，總之現在不是銀箔了。」

桐生如此為我們說明。哇──這個眼鏡妹大概是事先調查過相關資料了，對名勝都有相當的了解。

不過在伏見稻荷時我就這麼覺得了，京都的山林都已經充滿濃濃的秋意，相當漂亮。教學旅行辦在秋天真是對極了。不，冬天的景緻應該也相當風雅吧？

我們在銀閣寺也逛了一圈，然後在附近找家店解決午餐，前往下一個地點，金閣寺。我們當然也在境內買了相關的紀念品。

「是金色的！這次真的是金色了！」

抵達金閣寺，看見寺院的潔諾薇亞一開口就是這樣大叫。

和剛才完全不一樣，開心得手舞足蹈。哎呀——瞧她高興得跟什麼似的。

「是金的——！」

金閣寺金光閃閃到足以讓潔諾薇亞高舉雙手，光彩滿面！雖然在電視上看過，不過親眼目睹更能體會那種光輝有多麼震撼人心。

還有其他學生也來到這裡，大家都在拍照。我們的松田也拿著相機一張又一張像是著了迷似地拍著。我也拿出手機拍一下留念好了。順便傳給留在駒王學園的社員們。

我們邊逛邊看，買了紀念品之後，準備在休息處——茶店休息一會兒。

「請用。」

身穿和服的小姐為我們端上現沖的抹茶。還附有日式甜點。

我嚐了一口——沒有我想像的那麼苦。反而是和甜點一起品嚐更能感覺其中的風味，恰到好處。

「嗯，還不錯。」

伊莉娜好像也很喜歡。

「有點苦。」

愛西亞好像不太能夠接受。不過她還是一點一點啜飲，似乎不到討厭的程度。

「金光閃閃……」

潔諾薇亞好像還在作白日夢。看見金閣寺似乎讓她相當感動。見她雙眼發亮的樣子，大概沒有那個心思喝茶吧。

話說今天一直見到潔諾薇亞不為人知的一面，相當有趣。或許最享受學生生活的人，就是潔諾薇亞了吧。

「潔諾薇亞，我們來禱告做為紀念吧。」

聽到伊莉娜的提議，潔諾薇亞點點頭：

「也好。」

「我也要禱告！」

愛西亞也隨之附和，三個人一起對著天說著「喔，主啊！」開始禱告。紀念什麼啊……

啊，已經下午兩點多了。我們在觀光地的腳步還算迅速，但是精神都放在欣賞美景上，覺得時間過得異常地快。

這麼說來，在走進金閣寺沒多遠的地方可以撞鐘，我們所有人都去排隊，在那邊好像也花了不少時間。

「呀啊——色狼！變態！」

啊，有女生在大叫。因為有點好奇，我走出茶店，看見工作人員押著一名男子。

「胸、胸部！給我胸部！」

金閣寺也有色狼啊。真是的，破壞大家觀光的興致。

松田同樣從休息處探出頭來喃喃說道：

「色狼啊——這麼說來，早上的電視新聞也有色狼的報導。好像在祇園那邊有色狼出沒。昨天在車站也有，好像有點多。」

聽到松田的話，元濱推了推眼鏡表示意見：

「虧你還敢說，松田。你在來京都的新幹線上也想吃我豆腐。」

是有這麼回事。

「不，該怎麼說，那個時候該說是我睡傻了，還是意識不太清楚，總之就是非常想摸胸部。那種感覺到底是怎麼回事。」

松田歪著頭表示。身為男生，隨時想揉胸部也不奇怪。

「那就是青春吧。」

元濱這麼一說，松田也說聲「這就是年輕時犯下的錯誤啊──」不住點頭。不過男人的胸部我還是敬謝不敏。

正當我想著這些事，跟著用力點頭時──手機忽然響起。

哎呀呀，是朱乃學姊。不知道有什麼事？

「喂，怎麼了嗎，朱乃學姊？」

『喂，一誠。沒有啦，也不是什麼要緊的事……只是小貓說了一件讓我有點不太放心的事。』

「讓妳不太放心的事？」

『你剛才不是用手機拍照傳給我們嗎？』

「對啊，妳是說金閣寺那張吧。照片怎麼了嗎？」

朱乃學姊對滿心疑惑的我說聲：

『小貓說那張照片有拍到東西。』

「拍到東西？」

『是啊，好像是在風景裡拍到好幾隻狐妖。發生了什麼事嗎？雖然狐妖在京都並不算少見……』

朱乃學姊的語氣聽起來有點擔心。

接到朱乃學姊的電話，讓我感覺有點毛毛的。

「沒有，一切都很好。啊，愛西亞好像在叫我，晚點再說吧。」

『……有事情要聯絡我喔？』

「好的。」

如此對話之後，我掛斷電話……不過愛西亞沒有叫我，是我胡扯的。

我拿出手機確認剛才的照片。看起來只是很普通的金閣寺風景照……我看不出來。類似靈異照片那樣嗎？這大概只有貓又——小貓才看得見吧。

總之先把我和朱乃學姊剛才在電話裡講的事，告訴愛西亞她們比較好吧。

於是我轉頭看向茶店裡面——松田、元濱、桐生都睡著了！看起來不像因為太累睡著……三個人都在我接電話的這一小段時間裡睡著，根本是不可能的事。

愛西亞她們還醒著。話說潔諾薇亞瞪著女店員，表情很可怕。

覺得奇怪的我看向女店員……原來如此，這也難怪潔諾薇亞有所戒備。

因為她的頭上長出獸耳。尾巴也冒出來了……她不是人類吧。仔細一看，不知不覺間周遭都是長著獸耳的人。普通觀光客全都當場睡倒在地。

哈哈哈……我還擅自認定他們再怎麼樣也不會襲擊知名的觀光景點，結果卻是這樣。金閣寺也是妖怪的地盤啊。

潔諾薇亞迅速從包包裡拿出聖屬性的短劍，讓愛西亞躲到她背後。

我也舉起左手，準備現出手甲——

「等一下。」

聽見熟悉的聲音，我們轉頭看去。站在那裡的是——羅絲薇瑟！

「羅絲薇瑟！妳怎麼會在這裡？」

聽到我的問題，羅絲薇瑟嘆了口氣：

「嗯，是阿撒塞勒老師叫我來接你們。」

「老師叫妳過來？發生什麼事了嗎？」

我一邊注意四周一邊發問……不過仔細想想，這些妖怪身上沒有昨天襲擊我們時的那種敵意。

「停戰了。應該說是誤會解開了——九尾的千金想向你們道歉。」

羅絲薇瑟如此說道。

哎呀呀，停戰？誤會解開了？那麼狐妖不會再襲擊我們了？

我們心中還留有疑問，這時一名獸耳大姊姊走上前來，對我們深深鞠躬：

「我是侍奉九尾大人的狐妖。昨天多有冒犯，真是過意不去。我們的公主大人也表示想向各位賠罪，還請幾位跟我們來。」

跟他們去？去哪裡？——我還沒開口，那個自稱狐狸妖怪的大姊姊接著說下去：

「到我等京都妖怪居住的地方——裡都城。魔王大人和墮天使的總督已經先過去了。」

看來高層們在我們觀光的這段時間裡，已經解開彼此的誤會。

—○●○—

我們踏進的這個地方——足以稱為異世界。

這裡的老舊房舍，看起來就像江戶時代的城鎮布景。房舍的門窗還有路上，到處都有長相怪異的生物探出頭來。

鑽過金閣寺裡人跡罕至之處的鳥居，就來到這個截然不同的世界。

昏暗的空間。獨特的空氣。剛才說過的老舊房舍。還有住在這裡的居民迎接我們……獨眼的大臉妖怪，看似河童、頭上頂著盤子的妖怪，站著行走的狸貓等等，這裡有很多我們在故事裡聽過的生物。

大家都對我們投以好奇的視線。

那名狐狸大姊說要帶我們去狐狸公主所在地，領著我們一路前進。在昏暗的環境中，唯一的光源只有一路向前延伸的點點火光。

「嗚嘎嘎嘎。」

嗚喔！嚇死我了！燈籠突然長出眼睛和嘴巴笑了！這就是有名的燈籠妖怪嗎？

「不好意思，這裡的妖怪都很喜歡惡作劇……不過應該不會對各位造成危害……」

帶路的狐狸大姊邊走邊向我道歉。

「這裡是妖怪的世界嗎？」

這是我的問題。雖然我知道這個空間和京都相通。

狐狸大姊回答：

「是的，這裡是住在京都的妖怪的棲身之處。你們惡魔在進行排名遊戲時會使用空間領域吧，我們也是用類似的方法創造出這個空間。我們把這裡稱為裡街或是裡京都。當然，也有妖怪不是住在這裡，而是住在表京都。」

裡京都啊。原來如此，和惡魔的遊戲領域很像是吧。

「……是人類嗎？」

「不，聽說是惡魔。」

「惡魔啊。還真稀奇。」

「那個漂亮的外國女孩也是惡魔嗎？」

「是龍，我還感覺到龍的氣息。惡魔和龍……」

我聽見妖怪的交頭接耳。感覺他們好像很少看到惡魔。也是啦，畢竟這裡是妖怪的領域，這也是無可奈何的事。

經過住宅林立的地方之後，又過了一條小河走進樹林裡。在樹林裡走了一段路，眼前出現巨大的紅色鳥居。

鳥居後方佇立著大宅院。從外觀感覺得出來那棟宅院的歷史與威嚴。

啊，阿撒塞勒老師和身穿和服的利維坦陛下就在鳥居那裡！

「喔，你們來啦。」

「呀喝——你們好☆」

來到妖怪的世界，他們兩位還是老樣子。

兩人中間有個金髮少女。是那個襲擊我們的女孩。她是九尾的女兒沒錯吧？

今天她身上不是巫女服裝，而是戰國時代的公主那種豪華和服。

啊——這樣看起來確實是有小公主的感覺。

「九重大人，我把客人帶到了。」

狐狸大姊如此報告之後——就變出一團火焰消失……那就是所謂的狐火嗎？

公主朝我們走近一步：

「我是住在表京都與裡京都的妖怪的統領者——八坂之女，九重。」

自我介紹之後，她深深鞠躬：

「昨天真是抱歉，不分青紅皂白襲擊各位。還請幾位見諒。」

她向我們道歉……不過我只是搔搔臉頰，不知道該怎麼辦。

「沒關係啦。既然誤會解開了，我也沒有特別在意。難得來到京都，只要能夠好好觀光就沒問題了。只要你們不會再來干擾我們就好。」

潔諾薇亞如此回答。千里迢迢來到京都，我想她應該也不希望在這裡戰鬥吧。

「也對，天使要有寬容的心。我不會怨恨公主的。」

伊莉娜也接著開口。愛西亞露出笑容說道：

「沒錯。和平才是福。」

既然她們三個都這麼說了，我也沒有理由唱反調。反而是被她們三個搶先，讓我覺得自己身為男人有點丟臉。

「好像就是這麼回事，我也沒有要追究的意思。把頭抬起來吧。」

「可、可是……」

嗯——看來她好像比我們還要介意昨天發生的事。我蹲了下來，在同樣的高度直視少女——九重的眼睛。

「呃——我可以叫妳九重嗎？吶，九重，妳很擔心媽媽吧？」

「那、那當然。」

「既然如此，會像那樣搞錯襲擊的對象也無可厚非。當然，有時候這麼做會引發嚴重的問題，或是讓對方感到不快。但是九重道歉了，妳知道自己做錯事，才向我們道歉吧？」

「那是當然。」

我把手放在她的肩上，帶著笑容把話說下去：

「既然這樣，我們也不會怪罪九重。」

九重聞言滿臉通紅，忸忸怩怩地低聲開口：

「謝謝……」

嗯，這樣就ＯＫ了吧。誤會已經完全解開。

阿撒塞勒老師用手肘頂站起來的我：

「不愧是胸部龍，很會哄小孩。」

「別、別開玩笑了。這已經是我的渾身解數了！」

「不不不，真不愧是胸部龍。」

「沒錯，太厲害了！我好感動！」

「果然是孩子們的好朋友，表現得真好。」

潔諾薇亞、愛西亞、伊莉娜都不住點頭，稱讚害羞的我。

拜託妳們別這樣，我真的很不好意思！

「我對你有點改觀了。身為老師，我為你感到驕傲。」

羅絲薇瑟心中對我的評價好像稍微變好了……目前不知道有多差啊。跟她大聊百元商店應該會變得更好吧……

「我、我可不會輸給你！居然在這種地方宣揚胸部龍！身為魔法少女節目『奇蹟☆小利維』的主角，我可不能輸給你！」

利維坦陛下對我燃起莫名的對抗之意——！真是的，惡魔也太和平了吧！

九重不好意思地對我們開口：

「……有錯在先實在是不好啟齒……不過還是要拜託各位！為了救回母親大人，請各位助我一臂之力！」

這是少女悲痛的請求。

掌管這個京都的妖怪老大——九尾狐「八坂」為了和須彌山的帝釋天派遣的使者會談，幾天前離開這個宅院。

然而八坂沒有出現在和帝釋天的使者會談的地方。感到很奇怪的妖怪方面進行調查時，拯救了一名以隨扈的身分和八坂同行的烏鴉天狗。聽說在找到的時候，他已經快要死了。

該名烏鴉天狗在臨死之際表示，他們遭到不明人士襲擊，八坂也被擄走了。

於是妖怪們在京都徹底搜查，想找出奇怪的人。所以當時我們才會遭受襲擊。

之後老師和利維坦陛下找上九重等人進行交涉，表示冥界方面與此事無關，並且提供情資，說明從犯案手法看來，最有嫌疑的應該是「禍之團（Khaos Brigade）」。

「總覺得……事態好像有點嚴重。」

聽到這個事件的經過，我不禁有了這個意見。

我們被請到宅院裡面。大家一起坐在大房間裡，由九重坐在上座。

「各大勢力打算攜手合作時，特別容易發生這種事。奧丁那時不也來了一個洛基嗎？只不過這次的敵人是那些恐怖分子。」

如此說道的老師心情好像很不好。老師一心想要和平的日常，絕對不會饒過恐怖分子。他現在一定怒火中燒吧。

九重兩旁坐的是剛才的狐狸大姊和山伏打扮的長鼻子老爺爺。老爺爺是天狗的長老，自古以來就和九尾一族交情很好。這次他也非常擔心被擄走的八坂和她的女兒九重。

「總督大人、魔王大人，能不能請你們救出八坂公主呢？我們也會全力協助各位。」

天狗爺爺也這麼說。

接著他拿出一張畫給我們看。上面畫著一位身穿巫女服裝的漂亮金髮大姊姊！頭上豎著一對獸耳！該、該不會……

「畫中人就是八坂公主。」

真的嗎！胸部超大的！就連隔著巫女服裝也可以看出那股存在感！那、那些恐怖分子擄走這名巨乳公主想做什麼……如、如果做了什麼猥褻的事，我絕對不會原諒他們！

「可以確定的是擄走八坂公主的那些人還在京都。」

這是老師的看法。

「老師怎麼會這麼覺得？」

所以我提出疑問。老師點點頭，為我說明：

「因為京都全境的氣並不紊亂。九尾狐的存在本身，統整在這個地方流動的各種氣，保持彼此平衡。京都本身就是一個大規模的力場，如果九尾離開這裡或是遭到殺害，京都就會產生異狀。現在感覺不到半點預兆，就表示八坂公主依然安好，而且擄走她的那些傢伙很有可能還在這裡。」

原、原來京都是這樣的都市！我不知道的事也太多了……

不過八坂沒事的話，就等於救出她的機率也很高。

「賽拉芙露，惡魔方面的人員已經調查到什麼程度了？」

「已經查得很詳細了。因為負責的都是些對京都很熟悉的工作人員。」

老師的視線望著我們眷屬：

「因為人手相當缺乏，你們或許也得出動。尤其是你們很習慣和強者戰鬥，在對付英雄派時應該會需要借重你們的力量吧。不好意思，要請你們做好最壞的打算。至於不在這裡的木場和西迪眷屬由我聯絡。在那之前你們可以繼續享受旅行的樂趣，但是一旦開戰就要拜託你們囉。」

「是！」

我們回應老師的發言。

結果我們好像也快要沒有那個閒情逸致觀光了。照這樣看來，趁今天逛完有名的景點果然是正確選擇。

九重雙手貼地，深深低頭。兩旁的狐狸大姊和天狗爺爺也跟著她的動作：

「……拜託你們。母親大人……幫我救出母親大人……不，請幫幫我吧。求求你們。」

——

這麼小的小孩子低頭請求，聲音也因為流淚顫抖。

遣詞用字很有公主的氣質，然而她只是個想找媽媽撒嬌的小孩。

……憤怒逐漸從我內心深處湧現。

我不知道「禍之團（Khaos Brigade）」有什麼目的，但是讓我碰上的話絕對要把他們全部抓起來！居然擄走胸部那麼大的大姊姊，絕對不可輕饒！

然後我如此心想！如果能救出八坂，她說不定會給我什麼獎賞！

『呵呵呵，你就是赤龍帝吧？聽說是你救了奴家？那麼奴家該給你什麼獎賞呢……怎麼啦，一直盯著奴家的身體……奴家懂了，你想要的是奴家的身體吧。呵呵呵，也好，奴家就讓你體會極致的喜悅吧。』

流……情色妄想害我流鼻血了。妖豔地拉開和服的九尾大姊在我腦海裡呈現出不得了的狀態！胸部！胸部——！

「……一誠先生，你是不是在想什麼色色的事？」

愛西亞以質疑的眼神看著我。妳對於這方面的直覺有時候相當敏銳呢，愛西亞！

我搖搖頭，轉換心情。不行不行。那個幼小的公主都那樣懇求了！

我重新下定決心，做好在旅途中參加戰鬥的準備。

不過我那離家出走的可能性到底跑到哪裡去了……至今都沒有回來的跡象。不知是否還在京都嗎……？

總覺得好像沒有跑得很遠……

—○●○—

「嗚啊——發生太多事了。」

夜晚，我回到房間躺在被窩上。已經吃過晚餐，澡也洗好了。啊——今天的自助餐超好吃的。而且每一道菜看起來都很高級。

……在妖怪的世界待了一陣子之後，我們再次回到金閣寺，叫醒睡著的松田等人，繼續觀光。買過紀念品之後，就在金閣寺附近繞到回飯店的時間。

回飯店之後，我們找木場和西迪眷屬商量一下之後的事。

明天我們會依照原本的計畫，到處去逛觀光景點。但是為了隨時都可以返回飯店，我們會帶著攜帶式的簡易轉移魔法陣。只要統籌我們行動的阿撒塞勒老師聯絡我們，就必須取消行程回到飯店。

老實說，以現在的氣氛根本顧不了觀光……明天我們準備到嵐山那邊走走，九重說她會在當地帶領我們參觀。

她之所以想當我們的導遊，好像是為了彌補第一天襲擊我們，打算賠罪吧。我們本來還說已經不放在心上加以拒絕，但是對方相當堅持，我們便接受她的好意。話說是老師叫我們接受的。

老師表示，這也是冥界和妖怪建立合作體制的第一步。對方是妖怪大將的女兒，是個超級ＶＩＰ。現在要由我們負責和她交流……明天可得注意禮節才行。

……社長不知道在做什麼。朱乃學姊……小貓……啊，這麼說來還有加斯帕。於是我就像這樣想著留在駒王學園的其他社員。

他們大概壓根兒也沒想到，我們會被捲進和「禍之團（Khaos Brigade）」相關的事件吧。這次的事情我們都還沒跟他們提起。

……嗚嗚，我好想念社長的胸部。回去之後我一定要撲進她的懷裡！

好了，就寢時間之前要做些什麼呢。松田和元濱說要挑戰偷窺女生浴場，接著衝出房間……不過這次我就不奉陪了。不過去挑戰能不能突破羅絲薇瑟和西迪眷屬設下的天羅地網好像也不錯……嗯——該怎麼辦才好呢。

正當我煩惱是否該去偷窺女生浴場時。

叩叩。

有人敲我房間的門。

「哪位？」

我如此回應之後——

「一誠先生，是我。」

門外傳來愛西亞的聲音。有什麼事嗎？

「請進。」

打開門走進來的，只有穿著睡衣的愛西亞一個人。

「怎麼了，愛西亞？」

「啊，我是來找一誠先生玩的。等一下潔諾薇亞和伊莉娜也會過來。桐生同學好像說要找其他班級的女生交換京都的資訊，沒辦法來。」

真的嗎！三個美少女要來我的房間玩！太棒了！要玩什麼呢？

對、對了！這個時候就應該玩野球拳……呼呼呼！這種時候的事件當然是野球拳啦！

正當我盤算種種色色的事時——

「一誠！」

「我們好像找到了！」

——！走廊上傳來松田和元濱的聲音！他們想進我的房間嗎！

「愛、愛西亞！過來這邊！」

「咦？一、一誠先生？」

不知為何——我突然覺得不想讓那兩個傢伙看見這個場面，於是帶著困惑的愛西亞溜進壁櫥裡面。

我從裡面關上拉門，在黑暗當中豎起食指，示意要不知所措的愛西亞保持安靜。

不久之後，我聽見開門聲與兩個踏進房裡的腳步聲。

「哎呀，一誠不在。」

「說不定那傢伙也發現那個可以偷窺女生浴場的地點了。」

「什麼！這下糟了！那個混帳想搶先拜見女體！」

「沒錯，一定是這樣！走吧，松田！」

「好！」

咚噠咚噠。這次是猛然衝出房間的腳步聲。看來他們兩個都離開房間了。

話說回來！那個可以偷窺女生浴場的地點是怎麼回事！那是什麼！有、有那種地方嗎……可惡！我好好奇！該怎麼辦呢……！

正當兩人留下的那番話即將占據我的腦袋時，愛西亞緊緊抓住我的手。

我看向愛西亞——她好像有什麼話想說的樣子。然後她下定決心開口：

「……一誠先生，你和莉雅絲姊姊在東京車站的月台上……接吻了對吧？」

——被、被她看到了嗎？大概是她好奇我和社長在做什麼，回來看我們時偶然撞見的吧？無論如何，看來那個場面被愛西亞看到了。

「那、那是吻別……」

「這……這樣啊。你們已經親密到可以那樣接吻了……我沒猜錯吧，一誠先生和莉雅絲姊姊……可是我也對一誠先生——」

愛西亞從正面看著我的臉，表情看起來十分動人。

「也可以……和我接吻嗎？」

愛西亞如此說完——便將臉朝我湊近。

這是我們第二次接吻。

自然地——真的很自然，我們兩人的雙唇就這麼疊在一起。並不是懷有色心，也不是一時衝動，而是因為彼此都很重視對方而親吻——

我們雙唇交疊的瞬間，隨著愛憐之意一起出現強烈的安心感，連我自己都嚇了一跳。這讓我深切體會到，原來我是這麼珍惜、重視她。

愛西亞——

我的愛西亞。我們絕對要在一起。即使經過幾百年、幾千年、一萬年——

我們要一直在一起。

就在我像這樣沉浸在浪漫的氣氛中時——

有人輕輕打開拉門！

「啊！哎呀呀！快、快點，潔、潔諾薇亞，有好戲看！」

穿著睡衣，把頭髮放下來的伊莉娜打開拉門，和我四目相望！

「怎麼了，伊莉娜。喔喔，是愛西亞珍貴的接吻鏡頭。說什麼要來一誠的房間玩，原來是這麼回事啊，愛西亞。真是的，佩服佩服。」

接著同樣穿著睡衣的潔諾薇亞也現身了！

我和愛西亞——嘴巴還靠在一起！

怎麼會這樣————！

她們無聲無息進到房間了嗎！這麼說來，愛西亞確實說過她們兩個等一下也會來！

我完全沒有提防！在氣氛的催化之下毫無警覺！

被看到了！完全被看到了！被她們看到我和愛西亞ＫＩＳＳ了！

我和愛西亞連忙分開！可惡！口水依然連接彼此！竟、竟然這麼剛好在我們的舌頭剛碰到時打開壁櫥！

「看這個樣子不是第一次吧？嗯……愛西亞總是搶在我前面……」

「對啊對啊！愛西亞有時候非常大膽，所以像這種事進展也很快呢！」

潔諾薇亞和伊莉娜興致勃勃、臉頰泛紅興奮喧鬧！

砰！

有某種爆炸聲！仔細一看，愛西亞的臉脹紅到了極限！

「啊、啊、啊嗚嗚嗚、嗚呼～～～～～……」

啊──！愛西亞因為太過害羞而頭暈目眩，當場昏倒了！

「愛西亞！喂，醒醒啊，愛西亞！我也一樣很不好意思啊！不過也對，剛才那種狀況愛西亞怎麼可能受得了！」

「打攪一下。」

「那麼我、我也要。」

就在我照顧愛西亞時──潔諾薇亞和伊莉娜也跑進壁櫥裡來了──！

而且還很有禮貌地從裡面把門關上！

「抱歉。我們是來一誠的房間找你玩的。結果沒看到你，所以想說搞不好會在這裡，才打開壁櫥看看。」

潔諾薇亞一點也不覺得自己有錯，淡然地說明狀況！

我的房間明明是在緊急情況時集會使用的，現在卻發生緊急情況了！

──！潔諾薇亞慢慢逼近我！

「妳、妳要幹什麼，潔諾薇亞？」

我滿心懷疑，潔諾薇亞卻是若無其事地回答：

「愛西亞之後輪到我了。看是要接吻，還是性方面的事。接下來是伊莉娜。」

她、她說什麼————————！事情什麼時候變成這樣！

「咦？我也要？不會吧！」

聽到潔諾薇亞的話，伊莉娜驚訝到眼珠都快蹦出來了。看來她也沒有料到會被捲進這種狀況裡。

「這是個好機會，伊莉娜。妳也該知道一下男人是怎麼回事。」

「知道了我應該會墮天吧！」

「這就靠氣勢克服吧。搞不好不會墮落喔。」

「靠氣勢！是、是這樣嗎……可是可是，如、如果做了猥褻的事，我身為米迦勒陛下的A(ACE)……！」

伊莉娜開始低聲自言自語，不知道在糾結什麼。

潔諾薇亞繼續說服她：

「一誠有那個價值喔。他是個好男人，又是赤龍帝。如果妳生了傳說之龍的小孩，應該會成為天界的戰力吧？」

「……一誠的……赤龍帝的小孩……天界的戰力……」

啊啊啊啊啊，伊莉娜在煩惱了！果然是這樣嗎！我的生存之道果然是這樣嗎！

「好了，你打算怎麼做呢？在這個狹小的空間裡，有三個女人和一個男人。」

「喂、喂！潔諾薇亞，外面的老師怎麼了？」

沒錯，男生和女生待在一起，基本上是禁止的。畢竟年輕男女共處一室會發生什麼事沒有人知道。

男生女生的房間是按照樓層分開，一直都有老師在監視。雖然現在是就寢前的自由活動時間，他們還是會定期巡房，要是被老師看到這種場面可就糟了！

「喔喔，你說那個男老師啊。我們以天使和惡魔的力量在這個房間張設結界。有人接近這個房間也會覺得沒發生任何事。沒問題的，即使這裡傳出嬌喘聲也不會有人來。」

「雖然搞不太清楚狀況，不過這裡已經是個神聖又充滿魔力的空間囉！」

潔諾薇亞和伊莉娜豎起拇指開口！妳們是笨蛋嗎！這兩個女生真的是笨蛋吧！她們這對教會搭檔為什麼在這種方面的行動力特別強——！

我在心中吐嘈她們亂七八糟的行徑，這時潔諾薇亞又拉近我們之間的距離！

「好……先從……接吻開始吧？」

……嗚嗚，不知為何，我今天覺得潔諾薇亞的嘴唇看起來好撩人。有一部分大概是因為剛才跟愛西亞親過了，還很興奮的關係吧？

「咦！潔諾薇亞，已經要接吻了嗎？」

伊莉娜好像還沒作好心理準備。

「是啊，沒錯。我要和一誠練習生孩子。桐生不也說過了，在教學旅行期間做這種事也是種情趣。」

桐生————！我不是說過別教她們幾個不必要的知識嗎————！不過非常感謝妳！再這樣發展下去我應該可以跟潔諾薇亞做吧！可以做色色的事情吧！

「話、話、話是沒錯！這的確是很有事件的感覺！但是我是天使，又是米迦勒大人的部下……而且還是基督徒！這、這種色色的事……」

「那妳就在旁邊看吧。在天使的見證下練習生孩子。呵呵呵，妳不覺得這樣好像可以生出受到上天眷顧的小孩嗎？伊莉娜，妳就在那邊看著惡魔生小孩的珍貴畫面吧。可以的話再幫我們營造一點神聖的氣氛。」

潔諾薇亞開始脫起睡衣！她的肌膚漸漸裸露在空氣中。嗯嗯嗯……穠纖合度的完美曲線無論任何時候看都這麼誘人！我們是惡魔，在黑暗當中也看得很清楚。正因為如此，眼前的美景更是一覽無遺！

聽到潔諾薇亞的話，伊莉娜變出天使翅膀和頭上的光環，藉此發出正好可以營造氣氛的光芒！天使的力量真方便！

「——包在我身上！我也一直很想像加百列大人一樣見證生命最神秘的瞬間！啊，這也是為了三大勢力，為了我對天界、對主的信仰！」

這位天使小姐甚至開始對天祈禱！惡魔在天使的見證下發生關係是什麼情況！彈！

在伊莉娜營造氣氛時，潔諾薇亞已經脫下胸罩！

噗嘩！我的鼻子噴血了！這個傢伙的胸部也不小啊，混帳！

潔諾薇亞不顧倒在地上的愛西亞抱住我！啊啊啊啊啊啊，我的身體感覺到胸部的觸感！柔軟到我的腦袋快要麻痺了！

「機會難得，愛西亞醒來之後，你也要好好疼愛她喔。你和愛西亞都是第一次的話，生疏的技巧應該會讓愛西亞很難受吧。所以先用我來習慣一下怎麼對待女人吧。習慣之後再跟愛西亞做。這樣一來愛西亞就安全了。」

「喔，潔諾薇亞！這是自我犧牲的精神呢！」

她們兩個在胡說八道什麼！這時潔諾薇亞一邊脫我的衣服，手指一邊在我身上游移，我不禁心癢難耐！還、還用大腿夾住我的手！大腿光滑軟嫩的觸感讓我的思緒差點中斷！

不僅如此，潔諾薇亞口中還發出嬌豔的聲音：

「……啊啊……果然，男人的肌膚——你的肌膚摸起來好舒服。光是這樣接觸，就讓我覺得自己是個女人。」

嘩啦嘩啦。

我的鼻血流個不停。這、這個傢伙，自然而然就學會如何以話語把男人逼到絕境！事、事情到了這個地步，我也只能下定決心吧！我只能和潔諾薇亞、愛西亞在這個壁櫥裡做出非常不得了的事！

我嚥下口水，調整呼吸之後，準備抱住潔諾薇亞——

「嗚，嗯——……奇怪，我……」

這時愛西亞醒來了！她緩緩起身，在我和潔諾薇亞準備要躺下時和我們的眼神對上！愛西亞看著我們瞪大眼睛！

「喔——愛西亞，妳醒啦。我正準備跟一誠要他的基因。」

潔諾薇亞淡然開口說明！什、什麼基因啊，妳、妳這個傢伙！

「基、基、基、基因……！」

愛西亞也理解狀況，聲音還分岔了！

「我只是稍微要一點而已。放心吧，我不打算全部占有。多要幾次應該可以懷孕吧？」

潔諾薇亞————！妳的說法好歹更像女生一點吧！這樣說也太直接了！

「不、不可以——！妳要和一誠先生……那個是不可以的——！」

愛西亞淚眼汪汪地鼓起臉頰回應。

「姆。分一點給我有什麼關係。」

潔諾薇亞也挑起單邊眉毛，似乎有點生氣。

她們兩個吵了起來！

「問、問題不在這裡！要得到基因就表示……妳、妳得和一誠先生做那種事……所以不可以！」

「愛西亞也越來越懂事了。妳已經脫離相信送子鳥會送來小嬰兒的時期了。」

「不、不要離題！我知道了！如果潔諾薇亞是那麼打算的話，我也要在此宣言！」

愛西亞抱著我，以極大的音量說道：

「我要生一誠先生的小孩！」

…………我、潔諾薇亞，還有伊莉娜都因為愛西亞大膽的發言瞬間嚇了一跳。而且她還把睡衣拉掉！雪白的肌膚裸露在外！

隔了一拍，我的鼻子「嘩——」大量失血！

那、那當然啦！誰叫愛西亞說要生我的、我的、小、小、小、小孩……！我自己都感覺得到自己的臉紅到不能再紅！

「太精采了……爭奪異性基因的女人之戰。太精采了……！」

伊莉娜像是在看什麼緊張刺激的好戲。妳好歹阻止她們一下吧！妳不是天使嗎！

「一誠先生。我們要一直在一起，所以生個小孩也很正常吧？」

愛西亞這麼問我。我已經搞不清楚狀況，只能含糊其詞地回應。

「是、是這樣嗎……？話是這麼說的嗎……？」

「就是這麼回事，潔諾薇亞，我要懷一誠先生的孩子！而且還要生好幾個！」

這時潔諾薇亞也抓住我的手。胸、胸部碰到我的手了——！

「不，正因為這樣，更應該把他的基因分給我，一次也好。我也想要小孩啊。身為女人，至少也想有一次生產的經驗，也想養育小孩。」

嗚、嗚嗚！事情怎麼會變成這樣……？高興是很高興，但是我怎麼覺得快喘不過氣來了呢？不只是因為壁櫥裡面很狹窄，現在的空氣也變得好稀薄！這……就跟出來旅行前沒幾天，社長、愛西亞、朱乃學姊、小貓她們在我的房間起爭執時一樣……！女生有太多我搞不清楚的地方了！

愛西亞和潔諾薇亞怒目相視。我想設法從她們兩個的爭執當中脫困，儘管有點頭暈目眩，依然打算拉開距離，結果頭「叩！」的一下撞在壁櫥的隔板。

好痛……這裡的空間窄小到稍微改變姿勢就會撞到……撞到頭害我失去重心，身體往前傾倒——

軟。

我的手好像感覺到某種極致的柔軟……

「………我、我，一誠……」

——我的眼前是滿臉通紅的伊莉娜！因為撞擊失去重心的我倒向伊莉娜——我的姿勢呈現推倒伊莉娜的狀態！

我瞄了她一眼——發現她的睡衣敞開，白皙的胸部暴露在外！伊、伊莉娜的也好大！太厲害了！這就是天使的乳頭！飽滿的尖端！應該說我有一隻手根本就完全抓住她其中一邊的胸部————！

就是因為在壁櫥這麼狹窄的空間裡，才會發生這種意外！

伊莉娜的胸部既柔軟又有彈性！摸起來的感覺很舒服，手掌放上去就會自然而然沒入胸部當中！水嫩又有彈力，就像剛搗好的麻糬一樣柔嫩！

這種滑嫩又有彈性的感覺一點也不輸給朱乃學姊啊，伊莉娜————！

啊，她的天使翅膀一下子黑一下子白！看來她正處於墮落與否的緊要關頭！

「……我是第一次……不知道這種時候該怎麼辦啦，一誠…………你、你想讓我墮落對吧……？」

伊莉娜露出平常沒有見過的女性表情！這樣不行啊！天真爛漫的伊莉娜露出這種表情的威力之強，讓我全身上下竄過猛烈的衝動！而且大概是因為她放下頭髮的關係，多了一分豔麗，使得破壞力更是大增！

「抱、抱歉！」

總之我打算先道歉離開現場再說，但──叩！……我再次用力撞到上方的隔板……好痛……

衝擊使得我的臉往下一撲──這裡當然是。

軟。

伊莉娜的胸部。我的臉孔感受到最棒的彈性。啊啊……伊莉娜的胸部好大好軟好Ｑ彈……天使抱起來就是這種感覺嗎？

啊，我的視線模糊，意識也開始朦朧……

一定是因為撞到頭好幾次，又因為這種狀況流了太多鼻血……

「一誠先生！你還好嗎！一誠先生！」

「喂，你先抱伊莉娜然後昏倒，這樣我無法接受──」

「我要墮落了……喔，主啊，請原諒我──」

她們三個的聲音越來越小──

教會三人組，她們的團隊合作太強大了。

隔天早上。我們這組離開飯店，走在前往京都車站的路上。

我現在的感覺還是好像在作夢。昨天晚上和教會三人組在壁櫥裡的那段情色體驗。一方面是令人高興到快死掉的場面，同時也是個令人喘不過氣的空間……

（啊——好驚人的一晚……）

我噴出大量的鼻血，還因為撞到頭的衝擊而昏迷。但是今天早上醒來的時候，我卻躺在被窩裡。好像是羅絲薇瑟在那之後過來，把她們三個趕回房間，還留下來照顧我。羅絲薇瑟真會照顧人……

不過昨晚聽到愛西亞說「想要小孩」還真嚇了我一跳。可是也讓我很高興……打從心底感到高興。雖然心情有點複雜，但是我真的很感動！

每次經歷這種體驗，我就會覺得自己在緊要關頭真的很沒用。關於這點我也很清楚，可是我就是無法再向前跨出一步。大概是……失戀的慘痛經驗在內心深處束縛著我吧。跨出一步之後，要是被她們討厭怎麼辦？只要想到這個，我就感到害怕。

——現在的生活好極了。

因為有這樣的想法，我更不想破壞這種狀況。

這樣下去我當不了後宮王！這我也知道！

而且……照這樣下去，無論經過多久，我和社長的關係也不會有所進展……高不可攀，無法觸及。即使是這樣也無所謂。我依然對社長——

……如果有什麼契機，我是不是就能帶著勇氣跨出腳步呢？

——下一場遊戲。

如果能打贏塞拉歐格，我就向社長——

「喂，一誠。你幹嘛擺出那副苦瓜臉啊？」

松田看著我的臉發問。

「沒、沒有，沒、沒什麼事……反倒是你和元濱的臉也很誇張……」

「還好啦。」

「這是榮譽負傷。」

正如我所說，松田和元濱的臉都腫脹不堪，還貼了大量的ＯＫ繃。

這兩個傢伙，昨天晚上好像跑到那個所謂可以偷窺女生浴場的地點去了，但是那個地方早就在學生會——西迪眷屬的掌握之中。他們好像不管三七二十一打算強行突破，所以就被揍成豬頭了。

……你們哪裡贏得了西迪眷屬的女生啊……之後她們好像懷疑我也有參與，但是正如我剛才所說的，羅絲薇瑟過來我的房間查看，所以有了不在場證明。

不過相對的，今天早上，羅絲薇瑟把我和教會三人組叫去罵了一頓。

羅絲薇瑟真是我們的好姊姊。給她添了這種麻煩，真是對不起她。

話說那兩個笨蛋若是擅自行動，就連我也會被懷疑！這也是沒辦法的事，因為我們是情色三人組嘛！平常表現得太過好色，在這方面完全得不到信任。

算了，這個話題就到此為止吧。

好，重新調整心情去觀光吧。今天要到嵐山方面逛逛。首先是天龍寺！

「天龍寺怎麼去？」

我如此詢問桐生，她看著預定計畫表回答：

「我看看，在京都車站搭嵐山方向的列車，在最近的車站下車。然後從車站走路就可以到了。」

「收到。那麼我們過去車站吧。雖然社長也這麼說過，不過前往各地的移動手段還真的都是公車和電車。」

「觀光地都是這樣吧？」

松田如此回應我的意見。也對，大概就是這麼回事。

我們在京都車站搭上往嵐山方向的列車，前往目的地。

「到了啊。」

抵達之後步行走到天龍寺。路上都有指標，完全不會迷路。

我們總算抵達天龍寺。迎接我們的是一座雅緻的大門。

「天龍寺啊。不知道跟天龍有沒有淵源。」

『我也不確定。感覺過去好像有在京都打過一仗，又好像沒有。』

德萊格的記憶也不太明確啊。就算打過大概也是很久以前的事了，這裡的風景也不一樣了吧。就算搞不清楚好像也不能怪他。

我們走過大門往裡面前進。正當我們在櫃台支付參觀費時。

「喔喔，你們來啦。」

我聽見一個曾經聽過的幼小聲音。轉頭看見一個身穿巫女服裝的金髮少女站在那裡——是九重。

「是九重啊。」

「嗯。我今天會依約擔任導遊帶領你們在嵐山觀光。」

她今天把獸耳和尾巴藏了起來。這也是當然的，除了我們以外還有幾個普通人。

松田和元濱看見嬌小的金髮少女都嚇了一跳。

「哇——好可愛的女生。這是怎麼回事，一誠？你在這裡搭訕這麼小的女生啊？」

你這個沒禮貌的死禿頭。事情很複雜的。另一方面，元濱則是——

「……好小好可愛啊……哈哈——……」

喘氣的模樣看起來相當危險——！我一時忘了！這傢伙是真正的蘿莉控！

對這個傢伙來說，九重正中他的好球帶！他的眼鏡閃現危險的光芒。這時有個傢伙撞飛元濱，抱住九重。是桐生。

「哎呀——！好可愛喔！什麼嘛，兵藤，你在哪裡遇見這個孩子的？」

桐生抱著九重，用臉頰蹭她的臉頰！桐生也喜歡小孩子啊。

「放、放開我！妳這個魯莽的平民小女孩！」

九重一臉厭惡，然而這只是讓桐生更加高興。

「還用公主的語氣抱怨，真是太棒了！連角色路線都這麼完美！」

……這個眼鏡妹沒救了。我一邊嘆氣，一邊把桐生從九重身上拉開，重啟話題：

「她叫九重，和我還有愛西亞她們有點交情。」

「我是九重，請多指教。」

九重挺起胸膛，態度相當囂張。不愧是公主，架子很大。

「啊，和吉蒙里學姊有關嗎？這樣我大概知道了。聽說就連我們住的飯店也和學姊的父親經營的公司有關係。」

「是、是啊，差不多就是這麼回事。」

幸好桐生的直覺雖然敏銳，方向性卻不太對。正好我也不知道該如何說明。

那麼九重也介紹完畢，這樣應該足夠了吧。

「那麼九重，妳說要當嚮導帶我們觀光，具體說來要做什麼？」

九重抬頭挺胸，自信滿滿地回答我的問題：

「我會陪你們一起逛各個名勝喔！」

……這、這樣啊。這種機會是很難得……

算了，這也算是文化交流。

「那就先帶領我們逛這座天龍寺吧。」

「當然沒問題！」

九重聞言，臉上露出燦爛的笑容。

於是我們在九重的介紹之下參觀天龍寺。看她自信滿滿地說著八成是別人告訴她的知識，那副模樣真是可愛。

不過那個卯足了勁想介紹京都的模樣，讓人不禁莞爾。

大方丈後面的庭園相當別緻。背景是染上秋色的群山，日式庭園也充滿秋意，令見者莫不著迷。池中還有鯉魚在這片風景中悠游也是一大重點。

「這裡的景緻極佳。畢竟是世界遺產嘛。」

九重如此說明。世界遺產！好厲害，所以才會這麼美嗎。拿、拿手機出來拍照好了！

在庭園參觀了一圈，最後九重帶我們過去法堂。走進堂內，仰望天花板的瞬間——一幅充滿魄力的龍圖映入我的眼中！那是身體細長的東方龍！

畫在天花板上的龍像是在瞪我，眼神充滿力量。

「這叫雲龍圖。畫中的龍從任何方向看都像是在瞪人，稱為『八方睨』。」

正如九重所說，那條龍從哪裡看起來都像在瞪我們！

哇——這還真厲害。吶，德萊格，東方的龍都長得像這樣嗎？

『是啊，差不多都是這樣。這讓我想起龍王當中的「玉龍」了。』

是喔，玉龍也長成這樣啊。和西方龍不同，比起可怕的印象，更多了神秘的氛圍。「龍神」這兩個字的印象和東方龍完全吻合，但是實際上好像不只這樣。

雲龍圖好像禁止攝影，所以不能拍下來，真是可惜。

逛了天龍寺一圈之後，我們來到外面。

「好啦，九重。再來要去哪？」

我這麼一問，九重便指示好幾個方向開心說道：

「二尊院！竹林道！常寂光寺！要去哪裡我都可以帶路！」

喔——看來她挺起勁的。這種時候看起來就像個符合外貌年齡的小女孩。

就是這樣，我們在九重的帶領之下，展開嵐山的觀光行程。

—○●○—

「哎呀——逛了好多地方啊。」

喘口氣如此說道的人是松田。在九重的推薦之下，我們在湯豆腐店吃午餐。

參觀過天龍寺之後，九重帶著我們在嵐山到處逛。我們去了祀奉釋迦如來像和阿彌陀如來像的二尊院，也搭人力車穿越竹林道。竹林道的樹葉聲相當風雅。

我是第一次搭人力車，還滿好玩的。車夫的口才很好，拉車時還會為我們介紹各個觀光景點。最棒的是在人力車上看到的嵐山秋景，真是美不勝收。啊——選在秋天真是來對了。

「吃吧，這裡的湯豆腐可是極品喔。」

九重幫我們將湯豆腐盛進碗中。哈哈，在這種時候她也要掌控一切啊。九重好像真的很開心的樣子。這才是她平常的笑容吧。看到九重笑得這麼開心，回想起她低頭懇求我們的模樣，更讓我於心不忍。

……真希望可以早日幫她救回媽媽……

不行不行，要趕快吃九重幫我舀的湯豆腐……嗯，京都的豆腐果然好吃！這裡又比飯店更好吃！有人說豆腐是剛做好的最好吃，看來這個也是做好之後不久的吧。

「很有日本風味。不錯。」

「是啊，和我們平常吃的豆腐不一樣，很新鮮很好吃。」

「豆腐真好吃……」

潔諾薇亞、愛西亞、伊莉娜好像也很滿意的樣子。這時我的視線和伊莉娜對上——

「…………」

伊莉娜臉紅了！今天只要跟她視線對上就會這樣。大、大概是被昨晚的事影響了吧。這也難怪。那種事情對身為教會關係者又是天使的伊莉娜而言應該是件大事。她從出生到現在都保持純潔，所以被我摸了胸部應該是件相當不得了的事吧……

……可是伊莉娜的胸部的觸感依然清楚留在我手上。相、相當有彈性。感覺胸部好像把我的手指吸住了……

一言以蔽之就是「天使的胸部」。感覺好像商品名稱，不過真要形容只能這樣說了。

伊莉娜，多謝了。正當我在心中向伊莉娜道謝之時。

「啊，一誠同學。」

突然傳來一個聲音。這是——

「喔喔，是木場啊。對了，你們那組今天也是來嵐山。」

隔壁桌的木場等人和我們一樣在吃午餐。

「嗯。你們去過天龍寺了嗎？」

「去了，天花板的龍很壯觀。」

「我等一下要去渡月橋，然後下午也會去天龍寺。真是期待。」

「渡月橋啊。我們吃完這個之後也會去。」

就在我們閒聊之時，聽見有人說聲：「秋天的嵐山真是風雅啊。」是熟悉的聲音。

「喲，你們幾個，有沒有欣賞嵐山的風光啊？」

是阿撒塞勒老師！而且中午就在喝日本酒！

「老師！老師也來了？話說老師大白天喝酒不太好吧。」

我如此譴責，「就是說啊。」坐在老師對面的女生也表示同意。

——是羅絲薇瑟！

「這個人不管我勸了幾次還是一直喝酒。即使我一再強調在學生面前不可以表現出這種態度……」

她的額頭冒出青筋，非常生氣！

「唉呀，別這麼說嘛。只是在調查嵐山過後稍微休息一下。」

老師他們是來嵐山調查「禍之團(Khaos Brigade)」的事啊。

「不過羅絲薇瑟，妳這個人得再稍微機靈一點才行。就是因為這樣，妳才會連個男人都沒有喔？」

磅！老師這句話，讓羅絲薇瑟面紅耳赤，用力拍打桌子！

「男、男、男朋友跟這個沒關係吧！少瞧不起我！夠了，既然你喝了，那我也要！」

啊！她搶走老師的酒杯，一飲而盡！

她大口大口地喝著，相當豪邁……

「噗哈——……我唆啊，你這個人平常的態鬥就很糟靠……」

喝、喝醉了——！太快了吧！已經口齒不清了！

「一、一杯就醉了？」

老師嚇了一跳，然而羅絲薇瑟又倒了第二杯，再次豪邁地一口乾掉。眼、眼神迷茫的羅絲薇瑟找老師麻煩。

「偶才咩有醉咧。偶啊，可是從當奧丁那個臭老頭都貼身護衛時就陪他科酒了……偶想起來了。那個老頭子也不管偶吃多麼辛苦在輔佐他，還動不動就唆要找小姐！要喝酒！要摸胸部！到每個地方都唆這些蠢話。偶看他已經老胡塗了吧！瓦爾哈拉的其他部門的人都說偶素臭老頭的看護女武神，說偶素領低薪在照顧老頭子身邊的大小素喔？都素他害的！就素因為這樣偶才會交不到男朋友，交不到男朋友，交不到男朋友啦——————！嗚喔喔喔喔喔喔喔喔！」

…………

她、她放聲大哭了……我們還有阿撒塞勒老師都不知該如何是好……

老師搔搔頭說道：

「我知道了我知道了。我來當妳的聽眾，有什麼牢騷儘管說吧。」

羅絲薇瑟聞言臉色一亮：

「真的麼？沒想到阿撒塞勒老師還素有優點的。店員——再來十瓶酒——」

還要喝啊！這、這下子嚴重了……沒想到羅絲薇瑟的酒品這麼差。

「你們趕快吃一吃到別的地方吧。這裡交給我。」

老師一邊嘆氣一邊開口。

我們面面相覷，決定依照老師的話去做，迅速解決午餐離開這家店。

「百元商店超棒的啦——！啊哈哈哈哈！」

走出店門之前，背後還傳來喝醉的羅絲薇瑟的狂笑聲。

我們走出湯豆腐店，看著渡月橋。

「小羅絲薇瑟好誇張。」

「是啊，看來她的酒品很差。」

松田和元斌都有點受不了。羅絲薇瑟很受男女學生的歡迎，但是看見那種模樣，男生的確會感到困惑。我也嚇了一跳。

「小羅絲薇瑟雖然年輕，可是應該吃過不少苦吧。要和阿撒塞勒老師相處應該累積了很多壓力，會想發洩一下也很正常。」

桐生不住點頭表示同情。不過原因並非只有阿撒塞勒老師。她的前雇主也是個好色老頭。她在瓦爾哈拉的時候，在成為奧丁老爺爺的貼身護衛之前好像也很不得志……其實吃了不少苦吧。

「你們的眷屬當中有很多苦命的人嗎？」

九重這麼問我。

「還……還好啦。」

我只能這樣回答。吉蒙里眷屬雖然都是好人，不過特色過於強烈也是事實。

總、總之羅絲薇瑟的事先放到一邊，接下來要去渡月橋。離開湯豆腐店在觀光街上走了幾分鐘，桂川出現在我們眼前。

那座感覺歷史很悠久，古色古香的木造橋就是渡月橋啊。話說從這裡看見的山景也是一絕！讓人感覺到火紅的秋意！

「你們知道嗎？聽說渡月橋在走完之前不可以回頭喔。」

桐生如此說明，愛西亞不禁反問：

「為什麼呢？」

「傳說是這樣的，愛西亞。聽說在走渡月橋時回頭的話，就會把畢生得到的智慧全部還回去。如果情色三人組回頭就完蛋了，真的會變成無藥可救的笨蛋。」

「吵死了！」

桐生的話讓我、松田、元濱異口同聲反駁。

但是桐生絲毫不在意，繼續補充介紹：

「還有另外一個傳說是回頭的話男女就會分手。不過這個比較接近迷信——」

「我絕對不會回頭的！」

愛西亞打斷桐生的說明，含淚抓住我的手。

「沒、沒事的，愛西亞。那只是謠言。」

儘管我這麼說，愛西亞還是搖頭說聲：「絕對不要。」用力抓著我的手。啊，真是太可愛了！不愧是愛西亞！哎呀——我真是太幸福了。

於是我們走上渡月橋。木場也在不遠的前方。

在過橋的途中，愛西亞說什麼也不回頭。

「可惡。一誠和愛西亞根本就是一對情侶……！」

「雖然不甘心，但是我覺得他們已經逐漸邁入笨蛋情侶的領域了。」

松田和元濱在我們背後如此說道。嘖！竟然說我們是笨蛋情侶！我很想回頭去揍他們一拳，不過現在要忍耐。回頭的話愛西亞會哭吧！

「我覺得你們不需要那麼介意……男女分手的那個只不過是謠言。」

九重也這麼說。愛西亞真是太單純了。

我們順利過橋抵達對岸。愛西亞也重重呼出一口氣放鬆心情，不過我們回程也要過橋耶？愛西亞的冒險尚未結束！

好了，到了對岸要去哪裡逛呢。正當我一面如此心想，一面環視周遭風景時——

有種濕暖的感覺突然籠罩我的全身。

—○●○—

…………

剛才……那是什麼……？我心裡覺得奇怪，放眼望向四周——附近只有我、愛西亞、潔諾薇亞、伊莉娜、九重，以及與我們有段距離的木場，除此之外沒有別人。

松田、元濱、桐生，還有其他的觀光客突然全部消失了！

這是怎樣！發生什麼事了！

其他眷屬也和我一樣因為這個現象嚇了一跳，提高警覺……我觀察一下周圍，附近沒有可疑分子。

不久之後，我們腳邊開始瀰漫某種霧氣。

「——這個霧是……」

看見霧的愛西亞一驚：

「這種感覺……不會錯的。我被迪奧多拉抓走時，在神殿深處就是被這種霧氣籠罩之後才被囚禁在那個裝置裡。」

「——『絕霧(dimension lost)』。」

木場一面朝我們走來一面說道：

「我記得那是神滅具(longinus)之一。老師和迪奧多拉·阿斯塔蒂那時不也談過嗎？我想恐怕就是這個……」

木場原地蹲下，伸手觸摸腳邊的霧氣。神滅具（longinus）……就是和我、瓦利所持有的一樣厲害的神器（sacred gear）。這裡的霧氣就是嗎？

「你們沒事吧？」

空中傳來一個聲音。我抬頭一看，是阿撒塞勒老師，他拍打黑色的羽翼飛在空中。

他降落在我們身邊，一面收起羽翼一面開口：

「除了我們以外的人全都從這一帶消失得一乾二淨。看來是只有我們被強制轉移、封閉在另外一個空間，這麼推斷應該沒錯吧。照這個樣子看來……犯人是把我們轉移到這個完全複製渡月橋周邊景色所製造的另一個空間吧？」

真的嗎？轉移之前沒有任何前兆耶。才剛感覺那種濕暖的觸感就產生這個現象──來到這個空間。

「製造出這個空間的技術和惡魔製造遊戲領域空間使用的技術是不是一樣啊？」

我如此詢問老師。總覺得非常接近。

「是啊，三大勢力的技術應該都有流入他們那裡。這想必是應用了遊戲領域的製造技術吧──然後再利用霧的力量將我們轉移到這個複製領域。『絕霧（dimension lost）』能夠將霧氣籠罩的事物轉移到其他地方。不過……居然能夠在幾乎毫無動作的狀況下將我和莉雅絲的眷屬全部轉移到這裡……神滅具（longinus）就是因為這樣才可怕。」

老師如此說明。這樣啊，這個空間果然應用了遊戲領域的技術嗎？重現的精細度也不比惡魔差……

九重在一旁以顫抖的聲音開口：

「……母親大人那位已死的護衛在臨死時曾經說過，等他回過神來的時候，已經身陷霧氣之中。」

那麼這個現象……而且這個的使用者，我記得是——

不祥的預感成真了。

渡月橋的方向出現好幾個氣息。霧中有許多人影逐漸朝我們逼進，在我們面前現身。

「幸會，阿撒塞勒總督，還有赤龍帝。」

向我們打招呼的，是個身穿學生服的黑髮青年。

他在學生服外面披著漢服。那應該是漢服沒錯吧？國中時的歷史老師對中國歷史相當熟悉，所以連服裝方面的知識都教過。我記得那是中國的傳統服飾之一。

手拿長槍……我從長槍感覺到令人不舒服的氣焰。那不是普通的長槍吧。

那個黑髮男子看起來很年輕。光從外表來判斷，應該只比我大一、兩歲吧？不，不能只靠外表判斷。

青年身邊還有幾個穿著類似學生服的人。都是年輕男女。年紀應該與我們差不了多少。

……他們散發異樣的壓力。氛圍和氣息不同於惡魔和龍。

老師向前一步問道：

「你就是傳說中那個掌管英雄派的男人吧？」

眾人中心的青年以槍柄在肩膀上敲了幾下，回答老師的問題：

「我的名字是曹操。是三國志裡那個有名的曹操的子孫——姑且算是。」

曹操——曹操……？等等，他說三國志？大吃一驚的我詢問老師：

「老師，那傢伙是……？」

老師的視線定在那個人身上，同時對我們所有人說道：

「所有人聽好了，千萬要當心那個男人手上的那把槍。那是最強的神滅具（longinus）『黃昏聖槍（true longinus）』。一般認為那是連神都能夠刺穿的絕對神器（sacred gear）。是神滅具（longinus）代名詞的真貨。我也很久沒有看見了……偏偏現在的持有者是恐怖分子。」

「——！」

老師的話讓我們所有人極度驚慌。比起那個男子的身分，那把長槍聚集更多驚訝的視線。

「那就是天界的熾天使（seraph）大人也畏懼三分的聖槍……！」

伊莉娜一邊開口，嘴角一邊顫抖。潔諾薇亞也壓低聲音接著說道：

「我也是從小聽到大。刺穿耶穌的槍。染上耶穌之血的槍——能刺穿神的絕對之槍！」

那、那是這麼厲害的東西喔！這麼說來，之前社長也向我提過那把槍。她說那是刺穿基督的傳說之槍。仔、仔細想想，那把長槍和伊莉娜以及潔諾薇亞所屬的宗教起源事件息息相關，站在教會人士的角度，可以說是最極致的事物之一也不為過。

「那就是聖槍……」

愛西亞在我身旁盯著那把槍，兩眼空洞。簡直像是受到槍的魅惑，意識被吸走了——

呼。

老師迅速伸手遮住愛西亞的雙眼。

「愛西亞。信仰虔誠的人不可以緊盯著那把槍。會攝走妳的心神。那可是和聖十字架、聖杯、聖裹屍布、聖釘並列的聖遺物（relic）之一。」

九重一臉憤怒地對著手拿長槍的青年——曹操大喊：

「你這個傢伙！我問你一件事！」

「哎呀，這位小公主有什麼事呢？您若是不嫌棄，任何問題我都願意回答。」

曹操的語氣聽起來平靜，但是言詞當中很明顯可以聽得出來他知道什麼。

「擄走母親大人的人就是你們嗎！」

「沒錯。」

他承認得很乾脆。犯人果然是這些人嗎！

「你們打算把母親大人怎麼樣！」

「我們要請您的母親大人配合我們的實驗。」

「實驗？你們在想什麼？」

「表面上算是為了實現贊助者的要求吧。」

九重聞言不由得咬牙切齒，勃然大怒。眼角還有些許淚水。她一定很不甘心吧。媽媽不但被人擄走，還要被拿來做什麼莫名其妙的實驗。

「贊助者……是指奧菲斯嗎？還有，你們突然在我們面前現身又是怎麼回事？」

老師如此追問。

「沒什麼，只是沒必要再躲了，所以想在實驗之前打聲招呼，順便稍微試試身手。我也很想見識阿撒塞勒總督和傳聞中的赤龍帝。」

這個傢伙……到底在胡說八道什麼。

話說我有那麼出名嗎？啊，我好像在「霸龍(juggernaut drive)」狀態打倒一個舊魔王派的幹部吧。不過我自己不記得當時的事了。

老師在手中製造光之長槍：

「我就說得簡單易懂一點。把九尾大人還給我們。我們也想和妖怪方面攜手合作。」

看見老師的舉動，我們也為戰鬥進行準備。我變出手甲，開始「禁手(balance breaker)」的倒數。同時伸出阿斯卡隆——

「潔諾薇亞！」

「不好意思！」

潔諾薇亞也接過阿斯卡隆，舉在身前。

……這麼說來，羅絲薇瑟不在這裡。

「老、老師，羅絲薇瑟呢？」

聽到我的問題，老師嘆了口氣：

「那個傢伙也轉移到這邊來了，但是喝醉的她正睡在店裡。我姑且是在她的身邊設置堅固的結界，應該不會出什麼大事吧。」

這、這樣啊……也、也罷，讓喝醉的人參加戰鬥也很麻煩，這應該是最好的做法吧。不過老師的協助真是滴水不漏。

我們做好戰鬥準備，但是那些傢伙沒有任何動作。

……那麼有把握嗎？還是他們藏了什麼絕招？英雄派是一群持有神器(sacred gear)的人類吧？老實說，我不太想對付神器(sacred gear)。因為偶爾會出現一些相當特殊的能力，戰鬥中根本不知道會發生什麼事，相當可怕。

總之我們不能露出破綻！

——這時一個小男孩走到曹操身邊。曹操對那個小男孩說聲：

「李奧納多，麻煩製造對付惡魔的反制怪獸。」

聽到曹操的拜託，面無表情的小男孩只是點了一下頭——小男孩的腳邊隨即冒出令人毛骨悚然的影子，逐漸擴張。

……一陣寒意竄過我的背脊。該怎麼說，那陣影子讓我感覺到難以言喻的戰慄。

影子擴張得更大，大到蓋住整座渡月橋。接著影子隆起，逐漸變成具體的形狀！

隆起的影子長出手、腳、頭，冒出眼睛，裂開一張大嘴——而且不只一隻！十……不，數量破百了！

「啾。」

「嘎！」

「吼！」

隨著刺耳的聲響——或者該說是叫聲，那些東西從影子當中現身！影子裡冒出來的……是一群怪獸！與其說是冒出來，不如說是長出來，或者「被創造出來」才是最為適當的形容！兩腳站立的黑色怪獸。體型粗壯結實，爪子也很銳利，還齜牙咧嘴的。大量的這種怪獸並排在前方。

……那、那個男孩的能力是什麼……？

我緊張得嚥下口水，因為男孩的力量感到錯愕。這時老師喃喃自語：

「——是『魔獸創造(annihilation maker)』啊。」

annihilation……？maker？maker的意思是「創造」……？

曹操聽到老師的話之後笑了：

「正確答案。沒錯，他所持有的神器(sacred gear)是『神滅具(longinus)』之一，和我所持有的『黃昏聖槍(true longinus)』具有不同意義的危險性，是最惡劣的神器(sacred gear)。」

神滅具(longinus)——那個小男孩也是神器(sacred gear)持有者，而且使用的還是神滅具(longinus)嗎……？

嗚啊，這是怎樣！神滅具(longinus)展售會嗎？我知道的只有自己的和瓦利的，像這樣連續出現，讓我的腦袋不禁混亂……

這時倒數結束，我立刻禁手化(balance break)！赭紅色的氣焰籠罩我，形成鎧甲。

這樣就可以全力戰鬥了。但是……

「老、老師，我有點搞不清楚狀況……」

混亂的我向老師發問，老師便開始說明：

「那個男孩持有的神器(sacred gear)和你一樣是『神滅具(longinus)』。神滅具(longinus)現階段已確認有十三個——其中也有神滅具(longinus)的持有者在協助神子監視者(grigori)……而這些神滅具(longinus)當中又以那個神器(sacred gear)，在性質上——

在能力上比赤龍帝的手甲和白龍皇的光翼更加兇惡。」

「比、比我還強嗎？」

「以直接的威力而言，你和瓦利的神器(sacred gear)遠遠在那之上。只是能力上……木場的『魔劍創造(sword birth)』，能力是能創造任何類型的魔劍，這你知道吧？」

「知、知道。」

「『魔獸創造(annihilation maker)』也一樣。那種能力可以創造任何類型的魔獸。比方說出現在怪獸電影裡面的那種全長一百公尺，口吐火焰的怪物。持有者能隨自己的想法在這個世界上創造那種怪物。能夠憑自己的想像力產生自己喜歡的怪物，再也沒有比這個更惡劣的狀況吧？那就是這樣的能力。只要持有者的能力可及，就能夠一口氣以幾十、幾百隻的規模創造那種怪物。和『絕霧(dimension lost)』一樣，一般認為那也是神器(sacred gear)系統的異常所產生的最惡劣結果。『絕霧(dimension lost)』在持有者能力可及的狀況下也是極度危險。只要產生國家規模的霧氣，將所有國民傳送到其他空間——傳送到次元夾縫之類的地方，就可以瞬間消滅一個國家。」

——！這……這無論怎麼想！

「兩者都是會造成世界規模危機的神器(sacred gear)嘛！」

老師聞言不禁苦笑：

「還好目前兩者都沒有引發如此大事的前例。雖然曾經有過幾個時代相當危險就是了。」

不過『黃昏聖槍(true longinus)』、『絕霧(dimension lost)』、『魔獸創造(annihilation maker)』……四個上位神滅具(longinus)當中，他們就有三個啊。照理來說，這幾個的持有者應該在誕生的瞬間就會有我那邊的人，或是天界、惡魔方面的人監視才對……這表示最近二十年我們都沒有察覺……或者是有人故意把他們藏起來了……確實，和過去的神滅具(longinus)持有者比起來，現在的持有者幾乎都很難找到，這種情形相當明顯。」

老師的視線看向我。

這麼說來……他們一開始對我的看法也是「這個傢伙持有危險的神器(sacred gear)所以要殺掉」→「其實搞錯了」→「不，他果然是神滅具(longinus)持有者！」像是這樣推翻了好幾次。

那不知道和老師所說的情形有沒有關係呢？老師依然喃喃說道：

「……是不是有什麼只有這個世代才存在的因果關係？因為神滅具(longinus)本身就被視為神器(sacred gear)系統的異常、錯誤之類的現象……到了這個時代神滅具(longinus)的因果律連同持有者產生獨特的扭曲，因而超出我們的預料嗎？真希望不是這麼回事……看著一誠的成長，會覺得神滅具(longinus)整體在這個世代開始變調也不奇怪……異常、錯誤的變化——不，是進化吧？無論如何，包括我在內，研究神器(sacred gear)的人和掌管神器(sacred gear)系統的人都太天真了，米迦勒、瑟傑克斯。」

老師一旦開始自問自答，就會花上很長的時間……

不過能夠隨心所欲製造想要的怪獸，這種神器(sacred gear)怎麼想都很奇怪吧！

難怪別人會說那比我的神器(sacred gear)還要兇惡！也就是說若是使用者願意，就可以大量製造像龍王——坦尼大叔或是噬神狼那種怪物耶？世界會滅亡的！會消失吧！

「老師，那個兇惡的神器（sacred gear）的弱點是什麼？」

我再次發問。我和瓦利都有弱點了，那個應該也有吧？

「攻擊持有者——當然，有時候持有者本身也很強，但是總不像那個神器（sacred gear）那麼兇惡。而且『魔獸創造（annihilation maker）』的現任持有者還在成長階段，也是我們的一大優勢。如果他有那個能力，早就將怪獸等級的創造物送到各個勢力的據點——想打倒他只能趁他尚未成熟的時候。」

這樣啊，攻擊本人是吧。也就是說那個小男孩本身可能很弱，神器（sacred gear）能力方面可能也還在修煉當中。

曹操苦笑回應老師的發言：

「哎呀哎呀，看來你們對於『魔獸創造（annihilation maker）』有相當程度的掌握。你的推測沒有錯，墮天使的總督大人。他的生產力和想像力還不夠強大——但是他在某個方面相當優秀。他在製造對付對手弱點的魔物——製造反制怪獸的能力特別強大。剛才他創造出來的怪物就是對付惡魔的反制怪獸。」

曹操舉起手——指向存在於領域當中的一間店。

一隻怪獸張開大嘴——

嘩——————！

射出一道光芒！瞬間——

轟————！

光芒轟飛那間店，引發強烈的爆炸！

「光之攻擊——這是！」

在爆炸氣體吹襲當中，老師大叫！

「曹操！你派刺客到各陣營的主要機構，目的之一就是為了收集資料好創造對付我們的反制怪獸嗎！」

「算是答對一半吧。我們派遣的神器(sacred gear)持有者身邊都有黑色小兵吧？」

有！那種黑色戰鬥員！打倒之後就會煙消雲散的詭異傢伙！

「那些都是他創造出來的魔物。透過那些小兵，各個陣營、天使、墮天使、惡魔、龍、各神話的眾神，刻意承受各位的攻擊。其中也挨了不少為了一舉掃蕩小嘍囉使出的強力攻擊，這些都為這個孩子的神器(sacred gear)帶來有用的資訊。」

「——那種黑色怪人是為了收集資料嗎！」

「在增加禁手(balance breaker)使用者的同時，也在建構反制怪獸。多虧了他們，他已經可以創造對抗惡魔、天使、龍這些主流生物的反制怪獸——對付惡魔的反制怪獸發射的光芒，最大的威力足以匹敵中級天使的光力。」

增加能夠使用禁手(balance breaker)的神器(sacred gear)持有者，同時收集創造反制怪獸所需的資料。

……該說是準備周全，還是很會算計，總之這些傢伙相當不好對付！

老師原本憤憤地瞪著他們，卻忽然露出笑容：

「但是曹操，唯有弒神的魔物他還創造不出來吧？」

「………」

曹操沒有反駁老師的話。

「老師怎麼知道？」

老師咧嘴一笑，回答我的問題：

「辦得到的話他們早就動手了。就像他們派怪獸來對付我們一樣。能夠同時攻擊各個陣營的隊伍不可能不嘗試弒神。如果各個神話的神遭到殺害，會對這個世界造成影響——所以他們還無法創造弒神的魔物。光是知道這點，就是很大的收穫。」

原、原來如此！還沒有反制神的怪獸就是了！啊，不過是有這種怪獸。我腦中閃過一隻巨大的狼。

曹操以槍尖指著我們：

「神的話就用我這把槍解決。來，戰鬥吧——開始了。」

這句話揭開戰鬥的序幕——！

「吼嘎────────────！」

反制怪獸發出令人不舒服的怪叫，大舉襲向我們！木場和潔諾薇亞站上前線！

「木場，麻煩你創造一把聖劍給我。」

「收到。還是二刀流比較適合妳。」

木場迅速在手上創造一把劍，對準衝上前去的潔諾薇亞拋去。

潔諾薇亞在空中接住聖劍，便連同阿斯卡隆以二刀流殺進敵陣！

在潔諾薇亞豪邁的斬擊之下，輕而易舉地消滅大量的反制怪獸！不愧是力量型的「騎士(knight)」！衝鋒陷陣的威力非同小可！

啊──有隻反制怪獸張開大嘴準備發射光線──

嗶──────！啪────────！

然而牠發出的光被衝到潔諾薇亞前方的木場拿著聖魔劍彈開。彈開的光線打穿遠處的建築物，造成崩塌。

「這種程度的光只要打不中就不成問題。」

型男「騎士(knight)」還耍帥！說得也是！對於神速的木場而言，只要不被打中就什麼問題也沒有！

「不，在被打中之前打倒牠們就行了。」

以兩把聖劍砍殺反制怪獸的潔諾薇亞如此回應。

這表示同樣是「騎士」，戰鬥的方式卻大不相同！兩種都很有他們的風格！

「曹操，你就和我打吧！」

老師拿出龍玉——法夫納的寶玉，迅速裝備人工神器的黃金鎧甲！他展開六對黑色的羽翼，高速飛向曹操！

「這真是無上的光榮！名見於聖經之中，尊貴的墮天使總督願意和我戰鬥！」

曹操站到桂川的岸邊，帶著狂妄的笑容舉起長槍！——槍尖張開，耀眼燦爛的金色氣焰形成利刃！

槍尖張開的瞬間，這個空間的所有空氣為之震盪！

……好驚人的神聖氣息！光是目視就可以感覺到足以緊緊束縛我的強烈壓力！即使是沒有信仰心的人，看著那把槍也會受到影響吧？

隆————！

老師的光之長槍和曹操的聖槍碰撞，產生強大的波動！衝擊使得桂川掀起大浪，飛舞的水花飛散！河水以渡月橋為中心如雨點般落下。

老師和曹操互相攻擊，同時沿著河岸朝下游衝去！

曹操就交給老師，剩下的對手只能由我們對付！

首先第一要務是找人保護隊伍的重心，負責恢復的愛西亞！平常隊伍中的指揮塔社長和支援社長並且自後方掩護攻擊的朱乃學姊，以及負責拳腳攻擊＋支援的小貓、負責搜索敵人＋支援的加斯帕、負責以魔法攻擊擔任砲台的羅絲薇瑟都不在。

雖然說有老師這個超強的攻擊主力還有身為天使的伊莉娜，然而缺少的人數多達五人的話，隊伍會失去均衡。必須從頭開始組織才行。

而且我們還得死守九重。在這裡她比我們任何人都來得重要。讓她退到比愛西亞更後面的地方比較好吧。

潔諾薇亞倒是跑去當前鋒了——

……快想快想快想！只會說「不知道」、「辦不到」的話，無論經過多久我都當不成「國王（king）」！換成是社長會怎麼做？像這種時候，她會怎麼做？快點動腦！

嗯——————！我用自己不大的腦袋想出結論，於是說了出口！

「潔諾薇亞！妳保護愛西亞和九重！並且用神聖氣焰的攻擊打倒接近妳們的敵人！」

我如此向潔諾薇亞下達指示！雖然我不是社長，但是潔諾薇亞，拜託妳聽我的吧！

「——我知道了！」

喔喔！潔諾薇亞如此回應，迅速退到後方保護愛西亞！

繼續思考啊！如果是社長的話，這個時候會怎麼做？儘管是遭到襲擊，但這依然是實戰！必須只靠在場的二年級成員設法撐住！

我全速運轉自己容量不足的腦袋！

噗！想得太用力而噴出鼻血！嘿嘿……原來鼻血不是只有起色心時會噴啊！

對手是以能夠對抗惡魔的反制怪獸發動攻勢。就算我們彈開再多攻擊，萬一正面中招傷害還是很大。

這時我忽然想到木場的能力。

「木場！你可以創造吞噬光的魔劍吧？」

「咦？嗯——我懂了！」

聽到我的問題，木場立刻就能理解！不愧是木場！

木場創造出好幾把他在對抗雷娜蕾時用來對付弗利德的黑暗之劍！然後把劍拋給身為惡魔的夥伴們！

「那種劍平常只有劍柄！想要伸出黑暗的刀身時，就輸出魔力到劍上！」

木場如此補充說明！我也追加指示！

「潔諾薇亞，碰上危險就用那個當成盾牌吸收光！愛西亞也是，或許妳用不慣，不過還是拿著！總比沒有好！」

「幹得好，一誠！」

「遵、遵命！」

潔諾薇亞和愛西亞都對我做出回應！潔諾薇亞將只有劍柄的黑暗之劍放進裙子的口袋裡。碰上危險時記得使用喔！

我——握住木場交給我的劍。

「吶，德萊格。能不能將這把劍的能力附加在手甲上啊？」

『如果太過勉強很有可能削減你的壽命……不過如果只限制在這個地方使用，並且限制使用時間的話，應該不算太勉強。但是還是不能太常這麼做。』

「這樣就夠了。我把這個插進拔出阿斯卡隆之後留下來的洞裡喔！」

我將能夠吞噬光的黑暗之劍插進收納阿斯卡隆的部分！瞬間——左邊的手甲出現看似黑暗之盾的東西——成功了！

這樣我就有防禦的手段了。接下來是——

——身為天使的伊莉娜！

我轉頭向伊莉娜做出指示：

「伊莉娜，不好意思，請妳代替潔諾薇亞，和木場一起站上前線好嗎！妳身為天使，光應該不是妳的弱點吧？」

「僅、僅止於不是弱點，遭到攻擊還是會受傷，不過傷勢不會像惡魔那麼嚴重——我知道了！我試試看！我可是米迦勒大人的A(ACE)！」

伊莉娜拍動純白的羽翼，飛到潔諾薇亞原本的前鋒位置！

製造出光之劍的伊莉娜飛在空中擾亂怪獸，找到破綻便一口氣解決牠們。

……好！戰術或許有點粗糙，但是我對所有夥伴做出指示了！我跟在社長身邊看著她的作戰方式可不是看過就算了！再來是我自己！我要在木場他們的前鋒位置和愛西亞所在的後衛位置之間——以中鋒的身分戰鬥！

「我要升變為『主教(bishop)』，愛西亞！」

「好的！」

經過宣告以及愛西亞的同意，我變成「主教(bishop)」！拙劣的魔力得到提升。變成「主教(bishop)」是因為我想專注在神龍彈上！

我能用魔力辦到的事相當有限，不過還是要做！單純的魔力攻擊是笨拙的我努力的結晶——只論威力應該還不錯吧！

「我要出招了，神龍彈亂射！」

隆！隆！隆！

我舉著黑暗之盾，從右手朝反制怪獸和英雄派成員發射中等規模的魔力凝聚體！

英雄派成員一一躲過，不過怪獸們倒是在我的攻擊之下大量消失！同時黑暗之盾也幫我吸收來自敵人的光之攻擊！很好！

朝九重發射的光線也被我用神龍彈彈開了！

「九重！再往後退一點！」

「抱、抱歉。」

要是讓京都的公主受傷可是個大問題，而且我們也不能讓一個小女孩參加戰鬥。

潔諾薇亞也在後方以聖劍發出波動，狙擊前方的大群反制怪獸！

在我和潔諾薇亞的攻擊之下，輕而易舉地讓反制怪獸煙消雲散。

然而那名少年腳邊的影子一波又一波製造怪獸！可惡！真是沒完沒了！不過我不會放棄！要進行這種程度的大量生產，集中力和體力一定會用盡！而且他又是小孩子，應該會更快耗盡才對！

大量的反制怪獸發出的攻擊偶爾會擊中我們，但是此時愛西亞便會立刻發射恢復之光過來，所以損傷並不嚴重！

愛西亞果然是我們的生命線！妳真是太棒了，愛西亞！

……對方有所行動的只有反制怪獸，那些英雄派成員尚未發動攻勢，只是閃躲，讓我覺得十分詭異。他們只打算讓怪獸攻擊，自己隔岸觀虎鬥嗎？

——這時幾個人影襲向持續發射神龍彈的我身邊！是幾個身穿制服的女生！那就是英雄

派的制式服裝嗎？

「赤龍帝由我們來對付！」

她們幾個拿著長槍——有的則是拿劍，就這樣朝我衝來。

「——快住手，女性贏不了赤龍帝！」

一個腰間佩戴好幾把劍的白髮沉穩男子如此大喊。

哼哼哼，他說得沒錯。女生是贏不了我的！我迅速將魔力送進腦中！這是我少數能夠使用的魔力之一——

「胸部啊，解放妳們的話語！『乳語翻譯（pilingual）』！」

我對準那些女生釋放魔力！謎樣的空間瞬間以我為中心擴展開來！漂亮地成功了！

「來吧，幾位小姐的胸部啊！告訴我妳們的內心話吧！」

胸部以只有我和德萊格聽得見的聲音訴說！

『先以迅速的動作擾敵再一口氣發動連攜攻擊。』

原來如此，她們想進行連攜攻擊啊。

『我從右邊進攻。』

她是從右邊！

『我要從正面攻擊喔。』

她則是從正面來嗎！

喝！我在聽見乳之聲後睜開眼睛！哼哼哼，妳們的計畫和心聲都被我看穿了！

「喲！喝！」

我躲過對方的所有攻擊！

「怎麼可能！他掌握我們的行動了？」

其中一名女生十分驚訝！

「他不可能看得出來！我們的連攜應該很完美！」

我對驚訝的女孩子露出狂妄的笑容：

「我就是看得出來！不，應該說有人告訴我！就是妳們的胸部！然後接招吧！

『洋服崩壞（dress break）』！」

我喊出另外一招的名稱！沒錯，我在閃躲的同時，還摸了妳們的制服！

啪啪啪！女孩子的衣物爆開了！

「討、討厭————！」

「施加在衣服上的魔術……竟然完全起不了作用！」

女孩子放聲尖叫，用手遮住自己的裸體！嗯嗯！每一個身材都很好，應該都有在練身體吧！我的鼻血不由得流了下來！

那些女孩子羞於見人，迅速逃進附近的房舍當中。

呼呼呼，對手只要是女生，我的妄想和手都停不下來！招式施展得這麼完美真是讓我感到爽快！乳語翻譯（pilingual）搭配洋服崩壞（dress break）的連續技是無敵的！

「好、好差勁的招式。這還是我有生以來第一次見到這麼過分的招式……」

九重對於我的攻擊好像覺得很無言。聽小孩子這樣說，讓我有點沮喪。

「女人果然贏不了赤龍帝啊。忍辱負重奮戰到最後需要鋼鐵般的精神力……但是年輕女性很難做到。不愧是胸部龍。我見識到你傳說中的乳技了。不過那些對男人都不管用。」

那個穩重男子如此說道。聽、聽他這樣冷靜分析，我有點不好意思。

「誰會對男人用啊！」

我這麼喊回去！對男人用這招毫無樂趣可言！

穩重男子揚起嘴角笑了一下，對其他英雄派成員說道：

「大家千萬要小心。他就是赤龍帝。在歷代當中也是最沒有才能、最無力的一個——但是他並未沉溺在強大的力量當中，反而試圖駕馭那股力量，是個危險的赤龍帝。擁有強大的力量卻不會過度自信，這種人最可怕了。你們別輕敵了。」

……

他的話讓我覺得有點不好意思。

「……沒想到敵人會這麼說我。」

沒錯，我還是第一次聽到敵人這樣誇獎我。不，這應該不算是誇獎，而是警告吧……即使是這樣，這也是我第一次得到這樣的評價。

我的說法讓穩重男子略顯不解：

「這樣啊？在我們的認知當中，身為現任赤龍帝的你，危險度比你認為的還要高上許多喔。同樣的，身為你的夥伴的吉蒙里眷屬──還有瓦利也是。」

我……我還是不習慣！該怎麼說，我還是第一次有這種感覺！塞拉歐格也給過我正面的評價，但是沒想到連恐怖分子也這麼說我……

沒有瞧不起我的人好難應付！

「那麼我也該上場了。」

穩重男子向前走了一步，從掛在腰間的劍鞘當中拔出劍。

「幸會，吉蒙里眷屬。我是英雄席居爾的後裔，齊格。夥伴們都叫我『齊格飛』，你們愛怎麼叫就怎麼叫吧。」

潔諾薇亞原本一直懷疑地看著那個穩重男子──齊格飛的臉，這時好像肯定了什麼。

「……我就覺得在哪裡見過他，果然沒錯嗎？」

伊莉娜也附和潔諾薇亞的話。

「是啊，我也這麼認為。從他佩帶在腰際的那幾把魔劍看來，肯定沒錯。」

……？怎麼回事？不過因為他一頭白髮，害我忍不住想起那傢伙——弗利德。

「妳們兩個怎麼了？妳們認識那個看起來就像白化木場的型男嗎？」

「什麼白化……太過分了吧，一誠同學。」

別這麼說嘛，木場。只是打個比方。

潔諾薇亞回答我的問題：

「那個男人是驅魔師——原本是我和伊莉娜的同胞。綜觀天主教會、新教會、正教會，他都是最頂級的戰士——『魔帝齊格（chaos edge）』。那頭白髮想必是因為他出自和弗利德一樣的戰士培育機構吧。那裡出來的戰士全都是白髮。聽說是某種實驗的副作用……」

——！驅魔師！他是教會的人！這麼說來就是弗利德的昇級版本囉？一回想起那個傢伙我的心情就很差。

「齊格！你背叛教會——背叛天界了嗎！」

伊莉娜放聲大喊。齊格飛揚起嘴角，笑得很愉快：

「應該算是背叛了吧。我現在是『禍之團（Khaos Brigade）』的人。」

聽見他的話，伊莉娜顯得很憤怒：

「……你竟然這麼做！背叛教會置身邪惡組織，簡直罪該萬死！」

「……我感到有點痛呢。」

潔諾薇亞搔搔臉頰。因為持有杜蘭朵的她也是一時自暴自棄才成為惡魔的。

齊格飛輕笑幾聲：

「有什麼關係。就算沒有我，教會也還有最強的戰士。光是他一個人就可以補足我和杜蘭朵的持有者潔諾薇亞的空缺了吧。說不定他將來會成為『神聖使者(brave saint)』當中的鬼牌。那麼——自我介紹完了，我們幾個劍士來打一場吧，杜蘭朵的潔諾薇亞，天使長米迦勒的A(ACE)——紫藤伊莉娜，還有聖魔劍的木場祐斗。」

齊格飛向三位劍士——不，是向曾經和教會息息相關的三個人宣戰之後，劍上開始纏繞著氣焰。

……那把劍散發出來的波動不太好。是魔劍嗎？感覺氣息與木場創造出來的劍很像。

——！在我如此心想之時，木場已經拿著聖魔劍發揮神速砍過去了！

鏗鏘————！

正面擋下聖魔劍，詭異的氣焰依然絲毫不見衰減，齊格飛的那把劍——

「——魔帝劍格拉墨。魔劍當中最強的這把劍，要擋下聖魔劍並非難事。」

雙方的劍靠在一起……好久沒看到可以和木場這樣較勁的人了！

兩人立刻往後一跳，重新調整架式，再次展開火花四射的激烈斬擊戰！

「……和木場勢均力敵……不！」

木場逐漸受到壓制。可以看出木場的表情漸漸變得緊繃！木場神速的動作——對方掌握得一清二楚！即使他以肉眼跟不上的速度砍向對手，對手依然若無其事地擋下來。那麼快的速度他看得見嗎……！

即使木場在攻擊當中加入假動作，齊格飛依然沒有上當！

反觀對手只以最小的動作化解木場的攻擊，然後揮出自己的魔劍。木場光是閃躲就已經用盡全力，連趁勢反擊都沒辦法！

……變成禁手(balance breaker)狀態的木場竟然也會被壓制……！

一名英雄派的成員對感到驚訝的我說道：

「雖然派系不同，但在我們的組織當中，『魔帝劍的齊格飛』可是和『聖王劍的亞瑟』齊名的劍士。聖魔劍的木場祐斗不是他的對手。」

——

這表示他和那個亞瑟實力相當嗎？那個傢伙對付小噬神狼時可是相當游刃有餘！那、那麼憑現在的木場——

就在我感到擔心時，有人加入兩人的斬擊戰——是潔諾薇亞。

她從旁砍向齊格飛，援助木場。

「潔諾薇亞！」

「木場！你一個人敵不過他的！我知道你很不甘心，不過還是讓我幫你吧！」

「——謝謝！」

木場在這裡也拋下身為劍士的堅持，決定和潔諾薇亞同時攻擊。

「我也加入！」

然後伊莉娜也參戰，形成三打一的戰鬥！

潔諾薇亞的二刀流、木場的聖魔劍、伊莉娜的光之劍，三人同時攻擊！

四人若無其事地以快到看不見劍尖的劍速展開斬擊戰……齊格飛依然是以一把劍化解三個人的攻勢，完全不受數量差距影響！

木場擺出架式，準備以神速製造分身擾亂對手，再從死角加以攻擊。潔諾薇亞以聚集強大氣焰的聖劍從上空砍向對手！同時伊莉娜也在空中滑翔，試圖從背後以光之劍刺向對手！

這波攻勢應該可行——！

我深信可以得到勝利。但是齊格飛將手往後擺，用劍擋住來自背後的攻擊！他頭也不回就擋下伊莉娜的攻擊！

接著他以空著的那隻手從腰間拔出一把劍。

鏗鏘————！

銀光一閃——他砍向從上空襲來的潔諾薇亞，破壞她的劍！

那是木場創造的聖劍！簡直就像敲碎玻璃一般，隨著聲音粉碎！

齊格飛一派輕鬆地說道：

「——巴爾蒙克。北歐傳說中的魔劍之一。」

——！又是魔劍嗎！但是木場從死角發動的攻擊還沒結束！確實瞄準他的死角！無法閃躲！雙手也都拿著魔劍！劍光橫掃而過，砍向齊格飛的側腹，眼看著就要命中時——

鏘————！

響起金屬互擊的聲音。

木場的聖魔劍——被齊格飛從劍鞘裡拔出來的劍擋下！

「諾吞格。這也是傳說中的魔劍。」

第三把魔劍！不、不對，還有更值得驚訝的事！齊格飛已經拿了兩把劍，不可能拿出第三把劍。因為他雙手都有東西。

但是他的背後長出第三隻手，握著劍擋下木場的聖魔劍！

那……那隻手是怎麼回事！顏色是銀色的，手上還長滿看似鱗片的東西！簡直和我的左手變成龍的手時一模一樣！

齊格飛的背上長出這樣的一隻手！

見到我們驚訝不已，齊格飛笑著說道：

「這隻手嗎？這叫『龍手(twice critical)』，是相當常見的神器(sacred gear)。不過我的比較特別一點，是亞種。會像這樣從背上長出龍一般的手臂。」

——「龍手(twice critical)」！我聽過這個東西！是我的赤龍帝的手甲(boosted gear)的下位神器(sacred gear)對吧？那應該也是手甲類型才對……還有亞種啊！居然會從背上長出手來！

齊格飛的雙手都拿著魔劍，背後的手上也拿著另外一把……是三刀流！

知道這件事之後，木場的表情顯得更加緊繃。

「……同樣身為神器(sacred gear)持有者，但是對方不但還沒展現劍的特性，甚至連神器(sacred gear)的能力都還沒使出來。」

「順便告訴你們，我也還沒變成禁手(balance breaker)狀態。」

——齊格飛說出近乎殘酷的宣告！說得也是，反覆進行實驗的英雄派成員怎麼可能不會用禁手(balance breaker)。

也就是說，他是在毫無強化的狀態技壓木場、潔諾薇亞、伊莉娜三人嗎？太誇張了！

啪沙。

在困惑的我們面前——老師從天而降。同樣的，曹操也回到英雄派的中心。

他們兩個在反覆攻擊之後，再次回到這裡嗎？我往他們兩個一邊攻擊一邊移動的下游方向瞄了一眼——那邊冒著黑煙，化為一片焦土！

嗚哇————！我剛才一直聽到轟隆轟隆的聲響，就覺得他們應該打得很激烈，沒想到整個嵐山的景觀都走樣了！

老師知道這裡是人造的空間，一定毫不留情地射出很多超粗的光之長槍吧……

老師的鎧甲有好幾個地方都有損傷……黑色羽翼也滿是傷痕，慘不忍睹。

曹操身上的制服和披在外面的漢服也有多處破損……我不禁覺得曹操比較厲害。和傳說中的墮天使總督交戰，損傷竟然只有那樣！這……這就是英雄派……英雄。「黃昏聖槍(true longinus)」。

「……別擔心，一誠。我們兩個都沒拿出真工夫。只是小試身手。」

老師如此說道。但是你們的小試身手就把下游地區毀掉了！

曹操一邊活動脖子一邊說道：

「你們這群眷屬惡魔相當不錯。這就是新生代惡魔當中有名的莉雅絲．吉蒙里眷屬啊。我原本以為可以打得更輕鬆一點，沒想到你們意外善戰。如果我的理論正確，吉蒙里眷屬之所以能夠聚集到力量如此驚人的眷屬，是因為兵藤一誠——你的力量。你或許沒有體能和魔力方面的才能，但是龍所擁有的吸引他人的才能，我認為在歷代當中也算是數一數二。傳說中力量會聚集到龍的身邊吧？無論是好是壞，你在這方面的表現特別耀眼。連續遭受知名敵人的襲擊、和各個龍王相會，還有獲得廣大支持的『胸部龍』也是個好例子。而且你在這種狀況下比誰都要冷靜地帶領沒有『國王』的眷屬。雖然指揮得很幼稚又充滿漏洞……但要是讓你熟練之後，或許會越來越可怕吧。」

「……………」

我沒有想過這種事。之前的那些事件……全都是因為我？

曹操把槍尖對準我：

「所以我們不會像舊魔王派那樣大意。我相信你將來會成為歷代當中最危險的赤龍帝。同樣的，眷屬也是。所以我想趁現在剷除你們，或是先收集分析用的資料。」

他、他是這麼看待我──不，看待我們嗎？感、感覺他在本質上確實是和瞧不起我們的舊魔王派不同。

真傷腦筋……我非常不習慣這種類型的對手！因為之前的對手總是不把我們當成一回事，我們才能趁隙戰勝……

老師鄭重詢問曹操：

「我有件事想問你。你們英雄派為什麼開始行動了？」

曹操瞇起眼睛回答：

「墮天使的總督大人，我們之所以開始活動的理由意外單純。我們想知道以『人類』的身分能奮鬥到什麼程度。我們想要挑戰一下。而且打倒惡魔、龍、墮天使，以及其他種種超自然生物的，一直都是人類——不，應該說必須是人類。」

「你們想當英雄嗎？不，你們原本就是英雄的子孫。」

曹操豎起食指，指著藍天：

「——這是弱小的人類微不足道的挑戰。我們只是想試試看，在蒼天之下維持人類的身分能走到什麼地步。」

——人類啊。

……維持人類的身分，能走到什麼地步嗎……這就是他們的目標？

不、不對，我總覺得他們還有別的企圖。

老師嘆著氣對我說：

「……一誠，你可別大意。這個傢伙——是超越舊魔王派、超越夏爾巴的強敵。將來只要有敵人試圖了解你，全都要視為強敵。尤其是這個傢伙，在強敵之中也是危險性特別突出的一個，程度可比瓦利。」

可比瓦利……如果只論深不可測的感覺，他可能比瓦利還嚴重……

光是拿著最強的聖槍就已經頗具威脅性……

老師回來會合之後，我方陣營重新擺出架式——對方陣營也是。反制怪物依然持續誕生。真是沒完沒了。而且英雄派的成員剛才幾乎都沒有動靜。

但是這次對手也擺出架式——接下來的第二波攻勢就會是正式戰鬥吧。對方有很多神器(sacred gear)持有者吧？而且能使用禁手(balance breaker)的人也很多。

我還真的老是碰上這種危機。就不能偶爾出現一位女神來拯救我嗎？不、不過關於乳神大人的庇佑，短時間內還是免了……

正當我在心中這麼想之時——

嘩——

一個魔法陣在我們和英雄派之間隨著光芒一起出現……上面的圖案我沒見過。

「這是——」

老師好像知道。是誰啊？墮天使？在光芒之中，出現在滿懷訝異的我們眼前——是個魔法師打扮的可愛外國女孩。

……女、女孩子？我有點傻眼。

頭戴魔法師的帽子，身披斗篷。完全就是魔法師的打扮。年紀……大概是國中生吧？個子不高。

那個女孩轉了一圈，面對我們深深鞠躬。

接著對我們微笑開口：

「幸會。我叫勒菲。勒菲・潘德拉岡。是隸屬於瓦利隊的魔法師。今後請多多關照。」

──────！瓦、瓦、瓦利隊──────！為什麼瓦利的同伴會跑到這種地方？

老師對那個女孩──勒菲提問：

「……潘德拉岡？妳是亞瑟的什麼人嗎？」

「是的。亞瑟是我的哥哥。承蒙各位照顧哥哥了。」

是那個殘酷紳士的妹妹！原來他有這麼可愛的妹妹！

老師摸著下巴說道：

「勒菲啊。是取自傳說中的魔女摩根．勒菲的名字嗎？我記得摩根也和英雄亞瑟．潘德拉岡有血緣關係……」

勒菲看著我，雙眼閃閃發亮。

「那、那個……」

她走到我身邊，對我伸出手：

「我是『乳龍帝胸部龍』的忠實觀眾！如果不嫌麻煩，請、請和我握手！」

…………

這、這個……

突如其來的舉動讓我有點愣住，不知道該如何反應。在、在戰場上這麼緊張的氣氛當中突然這麼說……

總之我先輕聲說句「謝謝……」握住她的手。

「太好了！」

她顯得很開心……呃，嗯……她到底是來幹什麼的？

曹操方面也很無言，不知道該如何是好，相當困惑……不過曹操搔搔頭，嘆了口氣：

「是瓦利那邊的人啊。妳來這裡做什麼？」

勒菲帶著燦爛的笑容回答曹操的問題：

「是的！瓦利大人要我過來傳話！『我說過別妨礙我』——他是這麼說的♪——這是派人來監視我們的懲罰～～」

隆————！

勒菲可愛地說完之後，現場隨即產生一陣撼動大地的震動！

怎、怎樣會發生這麼劇烈的搖晃！是地震嗎？我光是站著就無暇他顧！愛西亞和九重都已經失去平衡，坐倒在地。

轟喀！

接著響起某種破裂聲！我看向聲音傳來的方向，那裡的地面隆起，眼看著就要有什麼東西跑出來！分開地面，在煙塵當中從地底現身的——！

吼————！

是個放聲吼叫，狀似巨人的巨大物體！

那、那、那、那那那那那那那那那那那、那個像巨人的大東西是什麼────────！石頭？岩塊？不知道是什麼材料構成，總之那個外型應該是無機物。手腳都很粗！有十公尺高吧！老師仰望巨人大喊！

「───是戈革瑪各！」

勒菲點頭肯定老師的說法。

「是的。他是我們隊上的大力士戈革瑪各，綽號是阿戈♪」

阿戈♪這麼可愛的稱呼是拿來稱呼它的？

「老師，那個會動的石巨人是……」

聽到我的問題，老師便開始說明。不好意思，今天一直請老師說明！

「戈革瑪各，是被擱置在次元夾縫當中類似魔像的東西。偶爾會撞見停止狀態的戈革瑪各漂流在次元夾縫裡。聽說是遠古的神大量製造出來的破壞武器……不過應該全都停止運作了才對。」

魔像！原、原來如此！所以才有那種無機物的感覺嗎！

「次元夾縫裡有那種東西！你說停止運作，可是那個會動耶！」

「是啊，我也是第一次看見會動的戈革瑪各。我聽說那個東西的問題太多，所以才會停止運作，被擱置在次元夾縫當中……但是那個在動！我都興奮起來了……！」

啊——老師像小孩子一樣眼睛閃閃發亮……他好像很喜歡這種神創造出來的東西、古代武器之類的東西。

這時老師像是赫然驚覺什麼，低聲說道：

「這樣啊。瓦利在次元夾縫裡徘徊的目的，不只是為了確認偉大之紅吧。」

勒菲回答老師的意見：

「是的。瓦利大人一直在找這個阿戈。根據奧菲斯大人所說，他之前曾經在調查次元夾縫時感應到可能可以運作的巨人，所以我們才會特地去搜索。」

「我、我問妳，那個傢伙的隊伍當中還有這種東西嗎……？」

我如此詢問勒菲。如果還有其他像孫悟空、芬里爾、魔像這一類的東西，未來要和他戰鬥會讓我有點不安……

「嗯——目前隊上有瓦利大人、美猴大人、哥哥亞瑟、黑歌姊、小芬里爾、阿戈、我，總共七個。」

這、這樣啊，總共七個是吧。不過也都太有特色了！真虧那個傢伙可以找到這麼誇張的成員。

「不過老師，原來次元夾縫裡面不只有偉大之紅，還有那種東西……」

「次元夾縫，也是收容那種不知該如何處置的東西的地方。偉大之紅也只是喜歡在次元夾縫當中游泳，沒有造成實際的危害。各勢力也沒有將偉大之紅列入黑名單或是各種排行榜上。那傢伙是特例。明明讓他自在悠游別去理他就沒事了……」

在老師說著這些話時，魔像——戈革瑪各朝著英雄派揮落巨大的拳頭！

轟轟轟轟轟轟轟轟轟——！

隨著大得離譜的破裂聲，魔像一拳破壞渡月橋——！

啊啊啊啊啊啊！嵐山的名勝——！幸好這裡只是仿造嵐山的空間！

魔像一拳解決大量的反制怪獸。英雄派成員全都往後跳離原地，退到橋的另外一邊。

「哈哈哈哈！瓦利氣炸了吧！看來被他發現我派人去監視了！」

曹操愉快地大笑，同時拿長槍指著魔像！

「伸長吧！」

咻——！

槍尖向前延伸，刺進魔像的肩膀！

咚隆——！

巨大的魔像在那一刺之下失去平衡，當場倒下！嗚哇，好強烈的震動！那個魔像相當重吧！光是倒地的衝擊就能形成震動，劇烈搖晃這一帶！

那把槍只是刺一下就撂倒那麼大的魔像！又可以伸長、又可以製造光刃，真是多功能！

不過橋也被打壞了。要到對岸去只能用飛的嗎？

就在我思考著下來該如何行動時，對岸有個腳步搖搖晃晃、緩緩走向英雄派的人影出現在我的視野當中。

那個銀髮女子——是羅絲薇瑟！

「……嗝。偶睡得正舒服時搞得鏗鏗鏘鏘！乒乒乓乓！轟隆轟隆的！吵死人了！」

——酒還沒醒？而且生氣了！

出現這麼一個醉鬼，讓英雄派的人也一臉錯愕。但是他們一認出對方是吉蒙里眷屬，便進入攻擊態勢！

不、不妙！醉成那個樣子，羅絲薇瑟會有危險！

得、得去救她才行！——然而正當我們準備飛過去時。

「幹嘛？想打架啊？好啊，偶就讓你們見識奧丁臭老頭的前任護衛女武神的實力吧！」

羅絲薇瑟如此大喊之後，在自己周圍展開大量的魔法陣，數量多得離譜！絕對不只十幾二十個！

「嘗嘗我用上所有屬性、所有精靈、所有神靈的北歐式全方位轟炸魔法————！」

轟轟轟轟轟轟轟————！

數量多到驚人的魔法陣朝四面八方發射不計其數的魔法，魔法在空中數度改變軌道，有如雨點朝英雄派陣營落下！

嗚、嗚哇啊啊————！有夠壯觀的！火焰、光、冰、雷電等各種屬性的魔法攻擊朝英雄派襲去，同時豪邁地轟炸周圍的景色！

房舍、店面、道路、電線桿全都在瞬間化為塵土，消失得無影無蹤！

…………我原本就覺得她使用魔法的本領應該很厲害，但是這下更不得了，原來這位女武神小姐可以三兩下轟掉一個城鎮！

仔細想想，她在對抗洛基一戰當中表現得那麼傑出，有這種實力也很正常。

社、社長，妳找到一個好人才呢……她在遊戲當中也可以大放異彩吧。

我的視野當中出現一陣霧。原本以為攻擊全數命中英雄派，但是一個制服外面披著長袍的青年在手邊製造霧氣，將魔法彈開。

——！那個就是使用霧氣的傢伙嗎！居然能夠擋下那波魔法攻擊！

驅使霧的傢伙從手邊製造更多霧氣，將英雄派的所有人籠罩在薄霧之中。

曹操在霧中開口：

「擅自闖來的人好像太多了——不過以祭典的開場來說倒是很不錯。阿撒塞勒總督！」

那個傢伙開心地對我們宣告：

「今晚我們將利用京都這個特異力場和妖怪老大九尾，在二條城進行大規模實驗！還請你們為了制止此事前來參加這場盛會！」

霧氣逐漸變濃。原本還在腳邊的霧氣漸漸瀰漫到我們的胸口位置，然後蓋住臉部。

最後我的視野充滿霧氣。霧濃到伸手不見五指。

「你們幾個，我們要回到原本的空間了！解除武裝！」

這是老師的建言。要回到真正的嵐山嗎！這、這可不行！我立刻解除鎧甲——

…………

隔了一拍，霧氣散去時——眼前已經是充滿觀光客的渡月橋周邊。除了我們以外，所有人都像什麼事都沒發生一般在橋上來來往往。

……橋沒壞。看來我們平安回到原本的空間了。

「喂，一誠。怎麼了？看你一臉凝重。」

松田盯著我的臉。對、對了。我們才剛走過渡月橋。

「…………沒有，沒什麼。」

我只是這麼回答，重重吐出一口氣。其他眷屬的表情也很凝重。我們剛才還在戰鬥。心情沒有那麼容易轉換。

……勒菲不見人影。那個巨大的魔像也是。大概是在霧氣散去的同時離開了吧。

鏗！

老師狠狠揍了電線桿一拳。

「……說那是什麼話……！要在京都做實驗……？少瞧不起人了，死小鬼！」

嗚哇……老師真的生氣了！我好像很久沒見過這麼可怕的老師了。

「母親大人……母親大人明明什麼也沒做……為什麼……」

九重的身體不停顫抖。我也只能摸摸她的頭。

曹操突然來襲。而且還宣告他要在二條城進行實驗。

社長，看來我們的教學旅行即將邁向出乎意料的最高潮。

Life.4 決戰，吉蒙里眷屬VS英雄派！ in京都

「啊──好飽好飽！自助餐的菜色居然是日西中的豪華料理，身為駒王學園的學生真是太好了！」

「就是說啊。」

晚餐過後，洗好澡的松田和元濱一臉滿足地在房間裡悠閒休息。

結束在渡月橋的戰鬥後，我們參觀過二條城，返回飯店。

我現在在他們的房間裡。明天就是最後一天，我們的行程只有在京都車站附近逛一逛，買些紀念品而已。所以為了重溫這三天來在京都見到的景色，我們決定用他們房間的薄型電視觀看數位相機的攝影檔案。

「嗨──剛出浴的四名美少女來囉，你們幾個色狼。」

身穿睡衣的桐生帶著愛西亞她們走進房間。

「喔喔喔！剛出浴穿著睡衣的愛西亞真是太棒了！那麼開始我們的提前放映會吧！」

松田一邊興奮地開口，一邊按下播放鍵，電視上便秀出第一張照片。

照片的內容從新幹線出發開始，接著是京都車站、飯店裡面、伏見稻荷、清水寺等等，這三天來在京都各地欣賞的景色一一出現在電視上。

「這個時候，元濱差點從樓梯上摔下去呢。」

「松田還敢說，你還不是在茶店一口吃下丸子所以哽住喉嚨。」

「話說你們幾個不要看到其他學校的女生經過就用色瞇瞇的眼神看著對方好嗎？就連跑到京都來都露出那副好色表情……簡直是本校之恥。」

松田、元濱、桐生如此回憶這幾天的種種，每件事都讓我們大笑。

——珍貴的教學旅行。

我一邊欣賞照片，一邊默默握緊拳頭。

不管發生什麼事，我都要平安地和大家一起迎接明天。

然後所有人都要一起回去駒王學園——

放映會結束，不久之後就是就寢時間，吉蒙里眷屬加伊莉娜、西迪眷屬、阿撒塞勒老師、利維坦陛下都在我的房間集合。

我們正準備在這個房間針對今晚的事進行討論。今晚的事——就是英雄派準備在二條城進行的莫名實驗。

不過……老實說，這個房間太小了。有些人還得站著。畢竟十幾個人擠在四坪大的房間裡，這也是沒辦法的事。

潔諾薇亞和伊莉娜還是縮在壁櫥裡參加討論。妳們……有那麼喜歡那裡嗎？

中午醉成那樣的羅絲薇瑟現在臉色依然蒼白，不過還是過來參加……自己調配醒酒藥吃完以後，羅絲薇瑟終於恢復平常的樣子，但是身體狀況好像不是很好。

房間中心攤著一張京都地圖，老師環視眾人之後開口：

「那麼我來宣布作戰計畫。現在我們以二條城和京都車站為中心布下緊急戒備網，動員所有以京都為活動中心的惡魔、墮天使相關人員，尋找可疑分子。住在京都的妖怪也會協助我們。目前英雄派尚未行動，但是已經可以測量到京都各地傳出紊亂的氣流，以二條城為中心匯聚過來。」

「紊亂的氣流？」

木場詢問老師。

「沒錯，自古以來，京都就是根據陰陽道、風水建設的大規模術式都市。因此各地都有所謂的能量景點。晴明神社的晴明井、鈴虫寺的幸福地藏、伏見稻荷大社的膝松，具有神奇力量的力場多不勝數。然而現在這些地方的氣流產生紊亂，力量開始流向二條城。」

「會、會怎麼樣啊？」

匙緊張地嚥下口水發問。

「我不知道，但是肯定沒什麼好事。因為他們打算利用掌管這個都市的氣脈的九尾大人進行某種『實驗』。在這個前提之下，我們擬定了作戰計畫。」

聽到老師的話，大家都點點頭。接著老師正式宣告：

「首先是西迪眷屬。你們在京都車站附近待命。保護這間飯店也是你們的工作。基本上這間飯店已經設置堅固的結界，萬一發生什麼事應該也可以避免最壞的情況發生。不過要是有可疑分子接近這裡，就得由西迪眷屬的成員負責處理。」

「是！」

西迪眷屬如此回應老師的指示。

「接著是吉蒙里眷屬和伊莉娜。不好意思，你們和往常一樣負責進攻。等一下你們要前往二條城。老實說，對手的戰力是未知數。這或許會是個危險的賭注，不過你們必須以救出八坂公主為優先。成功之後立刻逃跑。因為他們宣稱要用八坂公主做實驗……這或許很有可能是說謊，但從曹操那傢伙的言行來看恐怕是真的——因為他似乎相當希望我們參戰。」

「只、只有我們幾個戰力夠嗎？」

這是我的疑問。說是要我們負責進攻，可是加上伊莉娜之後我們也只有五個人。考慮到英雄派的戰力，這樣完全不夠！

「放心吧。我請了對付恐怖分子的專家過來。他們是在各地面對『禍之團(Khaos Brigade)』大殺四方的最強幫手。加上他們之後，成功奪回八坂公主的機率大幅提升。」

「幫手？是誰呢？」

木場如此問道。

「你們只要記得來者是非常不得了的大人物就好。這是個好消息。」

老師愉快地揚起嘴角。既然老師都這麼說了，來者應該是相當不得了的高手吧？

會是誰啊？總不會是社長和朱乃學姊吧？

難不成是魔王戰隊撒旦連者……應該不可能吧。不過你們在這種時候才應該現身吧，撒旦連者！

「接下來是不太好的消息——這次分配到的不死鳥的眼淚只有三個。」

「三、三個？不、不會太少嗎！再怎麼說，我們要對付的可是恐怖分子耶！」

驚叫出聲的匙詢問老師。

「是啊，我知道。但是因為『禍之團(Khaos Brigade)』在世界各地發動恐怖攻擊，眼淚的需求急遽增加，就連供應各個勢力重要據點的份都不夠。那原本就是無法大量生產的東西，想必菲尼克斯家現在也是手忙腳亂吧。市場價格持續飆漲，原本就是高級品了，現在更是珍貴到前面加上兩個超字也不為過。聽說就連排名遊戲關於使用眼淚的規則都可能被迫更改。至少要記得這在以後可能對你們的遊戲造成影響。」

……嗚哇——事態這麼嚴重啊？不過仔細想想這也很正常。恐怖攻擊頻繁，傷患也會跟著增加。如此一來，眼淚這種恢復道具的需求增加也沒什麼好奇怪，反而是理所當然的。

老師接著說道：

「其實這是機密事項，各個勢力現在開始合作，拚命尋找『聖母的微笑(twilight healing)』的持有者。那雖然是很稀有的神器(sacred gear)，不過經過調查發現，除了愛西亞之外，全世界還有數名持有者，如果能夠成功挖角將是一大利多。位於冥界最重要據點的醫療設施當中已經有了，不過我們想挖角持有者的最大理由——是為了避免被恐怖分子抓走。如果優秀的恢復人才遭到敵人控制，後果將會不堪設想。現任的別西卜——阿傑卡好像也在針對恢復能力進行獨自的研究……不過先不談這個了。還有神子監視者(grigori)這邊也在研究恢復系的人工神器(sacred gear)。其實我們也請愛西亞偷偷協助我們研究恢復的神器(sacred gear)，已經有相當不錯的成果。」

老師的發言讓愛西亞為之害羞。我、我都不知道！老師說這是機密，大概是因為這樣才會瞞著我吧……這樣啊，愛西亞暗地裡幫冥界的忙啊。這個孩子真了不起！果然是我的自豪、我的驕傲！

如果繼續訓練下去，又碰上什麼契機的話，愛西亞遲早也能使用禁手(balance breaker)吧？到時候將會有什麼效果，真令人好奇。

「總之就是這樣。這些眼淚——兩個給負責進攻的吉蒙里眷屬，一個給負責支援的西迪眷屬。數量有限，要妥善運用。」

「是！」

對於老師的指示，大家一起回應。接著老師看向匙：

「匙，你在作戰開始之後過去吉蒙里眷屬那邊。」

「我、我嗎？」

匙指著自己發問。對他來說這好像是出乎預料的指示，不過他立刻了解到自己的任務。

「要用……龍王嗎？」

「沒錯，就是這樣。你的弗栗多——龍王形態相當有用。那種黑色火焰可以制止對手的行動，甚至奪走力量。你就像對抗洛基之戰那樣負責支援吉蒙里眷屬吧。」

「要、要我支援是無所謂，但是那種狀態我會失去意識，很容易失控。」

「沒問題的，一誠會像對抗洛基當時一樣維繫你的意識。一誠，到時候你要對匙喊話啊——身為天龍，你可要好好控制龍王。」

「好、好的！」

也好，反正曾經成功過一次。到時候我會幫匙的。

伊莉娜舉手發言：

「請問各個勢力都知道這件事嗎？」

這點我也很好奇。實際上到底是怎樣？因為老師對我下封口令，要我別告訴社長。

「那當然。京都這裡的外圍已經聚集大群惡魔、天使、墮天使、妖怪的成員，圍成一道包圍網，避免那些傢伙逃走——畢竟如果能在這裡解決他們，當然是加以解決比較好。」

利維坦陛下接著老師之後說下去：

「外圍的指揮包在我身上☆那些壞孩子想跑到外面的話，各個勢力和我就會一口氣發動猛攻♪」

看利維坦陛下說得這麼愉快，出事時她肯定會大鬧一場吧。

「還有我也和留在駒王學園的蒼那聯絡了。她們也會在那邊盡可能進行後援工作。」

喔喔，會長和副會長也會在學校那邊行動嗎！

這樣一來，我們的兩位大姊姊和可愛的學弟妹就更令人好奇了……

「老師，我們的社長他們呢？」

聽到我的問題，老師的眉頭微微一皺：

「喔，我原本也想告訴他們……但是時機不對。目前他們人在吉蒙里領。」

「發生什麼事了嗎？」

老師點頭回答我的問題。

「好像是吉蒙里領的某個都市發生暴動事件。他們過去處理了。」

暴、暴動？難道是「禍之團(Khaos Brigade)」嗎！只有社長他們去對付！見到我十分擔心的模樣，老師苦笑說道：

「是舊魔王派的部分人士引起的暴動。好像和『禍之團(Khaos Brigade)』沒有直接關係。不過還是大鬧了一番，所以他們才會去處理。原則上，那也是她未來的領土——而且報告還說葛瑞菲雅也出動了。既然那個葛瑞菲雅都出動了，那些暴徒也完蛋了吧。還有另外一條情報不是很確定，不過吉蒙里現任宗主的夫人好像也在現場——惹火吉蒙里家的女人可不是鬧著玩的。」

說著說著，老師的身體抖了一下。

這、這樣啊。不只葛瑞菲雅，連社長的母親都出動了！

社長、社長的母親、葛瑞菲雅，我之所以認為有這三位就可以放心，大概是因為覺得吉蒙里家的女人都很可靠吧。

「哎呀，『亞麻髮絕滅淑女(madam the extinct)』、『紅髮滅殺姬(ruin princess)』、『銀髮殲滅皇后(queen of devour)』都到齊啦☆呵呵呵，那些暴徒要倒大楣囉♪」

利維坦陛下開心地說出一連串極為不祥的別名！什麼絕滅、滅殺、殲滅的……這些像是在表明「千萬不能碰」的別名是怎麼回事！

吉……吉蒙里家的女人全都有恐怖的別名呢……社長的父親和瑟傑克斯陛下私底下肯定都是妻管嚴吧……

「……你以後也不會太好過吧。」

老師把手放在我肩上，用力點點頭。

此……此話怎說？雖然搞不太懂，不過我絕對不會惹社長生氣喔？應、應該……

老師清了清喉嚨，重新對大家說：

「就是這樣，我要交代的作戰計畫到此結束。我也會從京都上空獨自尋找那些傢伙。你們以一個小時後為限，各自就定位吧。看見可疑人物立刻聯絡——可別死囉？教學旅行要到平安回家才算結束——京都由我們來死守。沒問題吧？」

「是！」

所有人如此回答之後，作戰會議到此結束。

做好戰鬥的準備，我來到大廳。我和愛西亞等人約好在這裡會合。

除了我以外的成員都還沒來啊——不，老師和羅絲薇瑟坐在大廳旁的座位。

阿撒塞勒老師看見我，站了起來。

「是一誠啊。正好。」

「嗯？」

怎麼了？正當我覺得奇怪時，老師從懷裡拿出一樣東西——是個閃耀赭紅色光芒，狀似寶玉的東西。老師接著說道：

「剛才飯店外面有色狼在鬧事，正好被我撞見，我教訓了那個想揉女人胸部的男人一頓，結果……他身上飛出這個東西。我想了一下，說不定……」

色……色狼身上飛出寶玉……？為什麼要找我？話說來到京都之後，總覺得色狼好像多到令人相當在意。

『那個寶玉——』

德萊格以我和老師都聽得見的方式開口。

「怎麼了，德萊格？」

我這麼一問，德萊格回答：

『沒錯，那就是在新幹線上從你體內飛出去，那個盒子裡的東西。』

…………

你、你、你、你說什麼——————！這個是！這個寶玉就是！

「果然啊。我分析過這顆寶玉，結果檢測到你的氣焰。」

老師因為猜測正確，一面點頭一面開口。

我潛入神器(sacred gear)當中經歷的事，已經在第一天就跟老師報告過了。老師也透過獨自的管道幫我尋找飛出去的東西，最後還是沒找到。

我從老師手上接過赭紅色的寶玉。

…………嗯——

……拿著它也沒有什麼顯著的變化啊……？這是怎麼回事，德萊格？

『嗯。沒有錯。我在上面感覺到我和你的波動。不，等等……怎麼會這樣。』

德萊格的聲音突然變得相當沮喪。

「怎、怎麼了？」

聽到我的問題，德萊格便心情低落地告訴我衝擊性的事實：

『……我稍微調查一下寶玉裡的資訊……盒子裡的東西，你的可能性……好像在人類的身體之間不斷移動，逛遍整個京都——移動方式是觸摸對方的胸、胸部。』

——！你、你說什麼……？

內容太過莫名其妙，害我瞬間懷疑自己聽錯，但是一旁的老師儘管露出苦笑，卻好像領悟了什麼。

「啊——原來如此。連日以來在京都各地發生的色狼事件，都是你的可能性——這顆寶玉以人類為媒介四處傳遞的緣故。也就是說不論男女，它是靠著揉乳走遍京都。只要是碰到這顆寶玉的人，就會難以自抑地想摸胸部，不管是任何人都好。」

「有、有這種事！怎麼會……在京都發生的色狼事件都是我的可能性引起的嗎……」

因為我是胸部龍、因為我最喜歡胸部，所以盒子當中名為可能性的東西也變成和胸部有關了嗎……

第一個肯定是松田。那個傢伙就坐在我前面，在新幹線上還突然想摸元濱的胸部。

之後我的可能性便一一轉移到許多人身上，走遍京都，終於抵達這裡——

我姑且在心中向各位變成色狼的加害者、受害者道歉。只是這麼一來加害者其實也是受害者嘛！

「所以德萊格，這顆寶玉的狀況如何？」

都搞了那麼多名堂才回到我手邊，總該有什麼不同吧？應該得到什麼收穫才回來的吧？

但是——

『……我還不知道。力量確實增強了沒錯……不、不過，居然是透過這個都市的形形色色的人，觸摸他們的胸部，藉以提升力量……這樣真的沒問題嗎，你的可能性……』

閉嘴！我也不知道該怎麼辦才好啊！任誰都沒想到會發生這種事吧！

「……居然給京都的人們添了那麼多麻煩……看來之後必須去補償那些因為一誠做出色

狼行徑的人們才行。」

羅絲薇瑟冷靜地開口。她說得沒錯。

「我會設法處理的。不過一誠的可能性是不是在蒐集某種特異的力量啊？你體內是不是有某種寫成乳力唸成『new power』，不同於魔力和龍之力的力量呢……？看著一誠我就覺得很有這種可能。」

老師歪著頭唸唸有詞。什麼乳力（new power）啊……真、真的有嗎？

「真是的，一下子拯救別人，一下子給別人添麻煩，一誠老是做出一些我無法理解的事……嗚噗，好想吐……」

羅絲薇瑟一邊嘀咕，一邊掩嘴忍著不吐出來。老師嘆氣開口：

「妳還好吧？話說妳也一樣，喝醉了就大鬧一場，回到飯店之後就一直吐，好像沒什麼資格說他……」

「你、你才沒資格說我！要不是你大白天的在那種地方喝酒……嗚，快吐出來了……」

「好吧，先承認我也有錯好了。不過妳真的沒問題嗎？」

「……我去一下廁所。」

哎呀呀，羅絲薇瑟終於去廁所了！沒、沒問題嗎？

「嘔吐女武神啊……總之這個寶玉就先物歸原主吧，一誠。說不定有什麼契機就能讓它發揮力量。」

老師是這麼說的。說……說得也是，還是由我帶著比較好。不能再給京都的人們添更多麻煩了！

不過到底該怎麼做，寶玉才會回應我呢？德萊格好像也不知道。大概也只能先帶著再說吧。歡迎回來，我的可能性。

啊，對了。有件事我想在作戰開始之前詢問老師。

「對了，老師。」

「什麼事？」

「曹操是怎麼樣的人啊？啊，我想問的是三國志裡面的。」

因為我對三國志不是很熟。不過既然對手是曹操的子孫，我稍微知道一點比較好。

「你對他的認知是什麼？」

老師如此反問，我搔搔臉，說出我所知道的部分。

「我想想……應該是劉備的對手，是個壞蛋吧。」

阻擾劉備志向的敵方統帥——

小時候看的漫畫和電視上的人偶劇，都給我這樣的印象。

老師聞言露出苦笑：

「會有這種印象，應該是受到《三國演義》的影響吧。的確，曹操是做過虐殺等壞事，但是曹操在政治方面的表現，也有不少在當時可以說是創舉。我個人覺得最厲害的，就是挖掘人才了。」

「人才？」

「沒錯，曹操不論出身，任用任何有才能的人。或許是因為這樣，魏國的人才相當豐富。諷刺的是，英雄派的曹操也著眼在人才方面。那個傢伙好像蒐集了具備各種才能的人。不過他和祖先還是有些地方不同。他的做法是以人類為中心，用近乎綁架的方式聚集人才。不從惡魔和天使當中尋找，完全只有人類。這就是英雄派的堅持，也可以從中隱約看出他們的目的。並且為達目的不擇手段，甚至不惜加以洗腦投入恐怖攻擊。為了增加禁手(balance breaker)使用者和魔獸創造(annihilation maker)所發動的一連串恐怖攻擊，確實是相當狡詐的手法。」

人類啊……我是惡魔，對方是人類。關於這個部分，我在戰鬥當中倒是看得很開。

「對手是人類，我雖然身為惡魔不過原本也是人類，所以不想和人類戰鬥！」這樣的心情其實不太強烈。

我變成惡魔是無法改變的事實，覺得惡魔的生存之道很有吸引力而努力前進，也是我心甘情願的。

因為壽命較長，遲早得和身為人類的家人和朋友分開是很難過，但是我並不會因為敵人是人類就下不了手。

英雄派那些人，不知道是不是對於正邪之類的有特別的堅持而戰呢？畢竟他們的頭銜是「英雄」嘛。

嗯——真是個難題……

可是恐怖攻擊還是不對吧。綁架、洗腦之類的強制做法也很不人道。

無論有什麼理由，這些舉動還是帶給我「邪惡」的感覺。

就在我歪頭思索時，老師問我：

「你怎麼了？」

「沒有，我只是稍微想了一些不像我會想的問題，比方說人類怎樣、惡魔又怎樣之類的……還有英雄。英雄派的正式成員都是英雄的子孫，體能不輸給天使和惡魔吧？『英雄』到底是什麼啊？啊，我想問的不是詞彙的意義，而是關於英雄這種存在。」

我再怎麼笨，也知道英雄有正義使者、救世主之類的含意。但是所謂的「英雄」——他們和一般人有什麼不同，我想知道的是這個。

「所謂的英雄是指擁有特別的力量、能力，照理來說應該可以運用這些才能，建立以人類而言相當偉大的功績，打倒龐大惡勢力的人。可以說是生來具備能夠成為正義使者的力量之人吧。這種人多半都是天生持有神器（sacred gear）的人。神器（sacred gear）這種東西，是上帝為了拯救眾人，賜予部分人類的東西……但是並非所有的神器持有者都能成為英雄，也不見得都能得到幸福。因為『生來具有能夠成為英雄的力量』和『成為英雄』之間未必是等號。其中也有濫用力量，惡名昭彰的人。」

生來具備能夠成為正義使者的力量之人——真了不起。對我來說可是無比羨慕的。

「英雄啊——正義使者。還是人類時，對於身為凡人的我來說，英雄是我羨慕的目標。和英雄對戰……我現在既是惡魔又是龍，對正義使者來說是個很棒的壞蛋吧。」

「原來你在思考的是變成惡魔的自己，和英雄——人類這樣的對手，兩者的存在意義啊。真是的……你想成為什麼？想做什麼？」

老師如此問我。我毫不遲疑地回答：

「成為上級惡魔當上後宮王！應該說我想為了眷屬和社長努力奮鬥！」

「這樣不就得了。你就想著這個一路往前衝吧。這就足以支持你走下去了吧？」

老師忍不住笑著開口。我也因此恍然大悟。

「啊，這樣就行了嗎？還有另外一件事——我要救出九重的媽媽！」

沒錯。一個小女孩碰上飛來橫禍而哭泣，我得幫她解決這個問題才行！

老師伸手在我的頭上撥亂我的頭髮：

「這樣就行了。可是你或許沒問題，但是愛西亞等人在面對人類敵人時，或許還是會有些猶豫吧。不過只要你繼續奮力向前衝，他們應該也會跟在你後面。你就保持你的本色吧。這樣也能帶動眷屬的成長。」

原來如此，眷屬的士氣靠我來維繫啊。

「我知道了！兵藤一誠！要和夥伴們一起衝鋒陷陣！」

我對老師如此宣言，正好夥伴們也來到大廳和我會合。

正當我們準備走出飯店的大門時，發現西迪眷屬們已經集結在自動門外。

「小元，你可別逞強喔。」

「對啊，小元。我們可是約好明天要所有人一起去買送給會長的土產。」

「好的，花戒、草下。」

「元士郎，你可要讓那些恐怖分子見識一下西迪眷屬的氣概喔？」

「我知道，由良。」

「碰上危險時記得逃走。」

「我有在鍛鍊腳程啦，巡。」

匙的夥伴們正在激勵他。聽說他們那邊的眷屬們也在暑假之後變得更加親近。

不過他和最重要的會長之間好像還是毫無進展……好、好吧，我也差不多就是了。

正當我嘆氣之時，木場把手放在我的肩上：

「如今社長不在，一誠同學就是我們暫時的『國王』。」

什……什麼！突如其來的發言嚇了我一跳！

「——！真、真的假的！我來當『國王』？這樣好嗎！」

我指著自己反問，然而木場更是一臉訝異：

「你在說什麼啊。你可是將來打算離開社長自己當『國王』的人。既然如此，在這種時候負責指揮眷屬，不是理所當然的嗎？」

「或、或許是這樣沒錯……」

我真的能夠代替社長嗎？這是我的第一個疑問。

木場對如此心想的我說道：

「中午在渡月橋那場戰鬥，雖然說是在緊要關頭的判斷，你還是對我們下達指示。我不知道當時的戰略是不是最完善、是不是好方案，但是我們現在都在這裡，平安無事。所以我認為你的指示至少不差。正因為如此——今晚這場戰鬥，我希望你可以負責指揮我們。」

木場……他對於我當時拚了老命想出來的拙劣指示給予正面評價嗎……

潔諾薇亞也在一旁開口：

「也對。我和伊莉娜、愛西亞都是聽從別人的指示比較知道如何行動。儘管是臨陣磨槍，你中午依然把少了社長的隊伍統整得很好。」

「是啊是啊。不過一誠可別太逞強，衝得太前面喔？」

「沒錯。不可以太勉強。」

伊莉娜和愛西亞也在一旁答腔。

「我才剛加入這個隊伍沒多久，在隊伍當中的行動就交給身為前輩的一誠指示。」

連羅絲薇瑟都這麼說……話說妳吐完了嗎？

……大家都在注意我，有的鼓勵我，有的擔心我……這讓我重新體認到這些眷屬——這群夥伴有多棒。

啊啊，社長！未來我也要和這支隊伍共同突破困難！

嗯？我的視線飄向潔諾薇亞手上的東西……是一把長型武器，外面包裹寫著魔術文字的布——啊，我好像知道那是什麼了。

潔諾薇亞察覺我的視線，將那把長型武器遞到我的眼前：

「喔，這個啊。這是教會方面剛才拿來的——經過改良的杜蘭朵。」

果然！在來程的新幹線提過教會方面幫忙改良杜蘭朵，所以我就猜想會不會是這樣。

「突然就要投入實戰，這樣也頗有我和杜蘭朵的作風。」

不知道強化了多少，讓我好奇得不得了。杜蘭朵原本就以兇惡的威力著稱。如果能夠控制的話，力量的消耗和使用的方便性都會變得更好吧。

「不好意思，有點聊過頭了。」

匙舉手道歉，過來和我們會合。在其他的西迪眷屬說些「進攻就交給你們了。」、「一起迎接明天吧。」等激勵的話語之後，我們快步前往京都車站。

吉蒙里眷屬加上伊莉娜，還有匙。這些就是前往二條城的進攻成員。

「好，前往二條城。」

就是這樣，我們一路朝著曹操提過的地點，二條城前進──

─○●○─

離開飯店之後，我們來到京都車站的公車站。

我們打算從這裡搭公車前往二條城。原則上大家都是穿著冬季制服。潔諾薇亞和伊莉娜好像在制服裡面穿著那套教會製的戰鬥服。她們說這樣在緊要關頭可以脫掉制服，比較容易活動。

「嗚噗……」

羅絲薇瑟掩著嘴巴，對抗不時衝上來的嘔吐感。她的身體狀況好像還是不太好。她到底喝了多少啊……？

感覺在教學旅行見到許多不同面貌的羅絲薇瑟。回去之後絕對不可以讓她喝酒。

——正當我們在等公車時，有個東西跳到我的背上。

「赤龍帝！我也要去！」

是個身穿巫女服裝的金髮少女——九重。為、為什麼這個傢伙會跑出來？她應該在妖怪的居所，裡京都待命吧？

「喂，九重，妳怎麼會在這裡？」

騎在我肩膀上的九重一邊拍打我的額頭一邊開口：

「我也要去救母親大人！」

——！喂、喂喂！

「我們的魔王少女陛下和墮天使的總督不是告訴妳這樣很危險，要妳待命嗎？」

「沒錯。但是！我……我想親自救出母親大人！拜託！也帶我去吧！算我求你！」

她都這麼說了……如果現在打電話給老師，相關人員應該會立刻現身，把九重帶到安全的地方去吧……但是我也不是不懂這個孩子的心情。

或許這個孩子可以成為救出九尾的契機？

好，就由我負起責任——正當我下定決心，決定尊重九重的意思時。

——我們腳邊彌漫一陣薄霧。

同時全身感覺到濕暖的觸感。

……！這種感覺，我中午也遇過！

沒錯，這是……！——「絕霧(dimension lost)」！

當我對目前的現象有所掌握時，霧氣已經籠罩住我們全身。

當我回過神來，人已經在地下鐵的月台。

站名告示牌寫著「京都」，所以這裡應該是京都車站的地下月台吧。

……話說又是轉移！今天一直被轉移來轉移去的！

我看向四周——感覺不到其他人。只有我——不對。

「這……這裡是地下的月台嗎？」

九重還騎在我的肩上。看來是和我一起被轉移過來。

「是啊，看來我們又受到中午那個現象影響了。」

「那、那麼這裡也是在別的空間創造出來的擬似京都嗎？那些傢伙所擁有的技術真是了不起。」

九重說得沒錯。能夠在毫無前兆的狀況下包圍我們，那種使用霧氣的方式固然令人訝異，但是繼中午之後又在京都車站周邊創造出同樣的擬似領域，更是令人驚訝……

『～～♪』

手機鈴聲響起——是木場打來的。那個傢伙也到這裡來了嗎？話說手機打得通喔！

「喂，是木場嗎？你人在哪裡？你也轉移到這個奇妙的空間來了吧？」

『嗯。我在京都御所。羅絲薇瑟小姐和匙同學也和我在一起。你那邊呢？』

「我和九重在一起，這裡是京都車站的地下月台。等我一下，我把地圖拿出來。」

我把九重從肩上放下來，從懷中掏出所有眷屬都帶在身上的地圖，攤開來放在月台的地板……京都御所……是這裡！二條城的東北方。話說……等等。

「這個領域該不會很大吧？範圍大概和這張以二條城為中心的地圖差不多大？」

『是啊。我也覺得應該是以二條城為中心重現大範圍的京都街景。遊戲的戰場也有這麼大，所以並不稀奇，但是看來他們果然把排名遊戲的戰場空間研究得相當透徹。』

好吧，對於遊戲而言也算是很好的修煉。在這麼寬廣的戰場四處奔走的機會並不多。

「木場，在二條城會合就可以了吧？」

『嗯，我知道了。你會聯絡愛西亞同學她們嗎？我想她們應該也來到這裡了。我們似乎是被那幾位英雄邀請過來了。』

「好，我會打給她們。那麼你負責聯絡人在外面的老師他們吧。真是的，這種邀請方式真是突然。」

木場的聯絡到此結束。之後我聯絡了愛西亞等人。她們那邊是教會三人組和樂融融地聚在一起。既然愛西亞身旁有潔諾薇亞和伊莉娜，那我就放心了。要是讓愛西亞落單，我可是會擔心到心裡七上八下。

我也告訴她們在二條城會合。

之後木場再次與我聯絡，他說無法和人在外面的老師他們取得聯繫。我也試著打了一次，果然打不通。

真是奇怪……人在裡面的我們可以透過手機彼此聯絡，卻無法和外面聯絡。羅絲薇瑟透過木場表示，大概是敵人在這個領域施加特殊的結界或是魔法的術式，才會這樣吧。

……只有在這個領域裡面可以通訊，不禁讓我覺得隱約可以看出敵方的意圖。

繼續待在這裡想東想西也無濟於事。先和大家會合吧。

好，我也得前往二條城才行。白天觀光之後，我們從二條城回飯店的移動手段，是在二條城附近搭乘地下鐵返回京都車站。所以從這裡沿著軌道前進，就可以從地下走到二條城前的地下鐵車站才對。

知道怎麼過去之後，我變出手甲開始禁手(balance breaker)的倒數。這裡是敵人邀請我們過來的領域，遇到什麼襲擊都是很正常的。

『Welsh Dragon Balance Breaker!!!!!!!!』

在赭紅色的閃光籠罩之下，氣焰形成鎧甲的形狀。

九重見狀佩服地說道：

「嗯。雖然中午已經看過，不過天龍的鎧甲真是紅得很美。這就是傳說之龍啊。」

她伸手輕輕拍打我的鎧甲，似乎覺得很新奇。會對這些事產生興趣，倒是和喜歡我的那些小朋友沒什麼兩樣。說起話來像個公主，不過骨子裡依然是小孩子。

然而竟然有人從這麼一個小孩子身邊，搶走她的母親。無論有任何理由，綁架沒做任何壞事的人都是不可原諒的。

「九重，妳的母親我會想辦法拯救，所以妳不可以離開我身邊喔？九重由我來保護。」

聽到我這麼說，九重——變得滿臉通紅。

「嗯、嗯！你可要好好表現！」

害羞了。真可愛——正當我們隨口說著這些話時，我感覺到有人對我散發敵意。

我順著月台看去，有一名身穿英雄派制服的男子朝我走來。

……敵意是衝著我來的。他的目標肯定是我吧。

他在極近距離停下腳步，露出笑容：

「晚安，赤龍帝先生。你還記得我嗎？」

…………不，我不記得。

「不太記得了……不好意思。」

聽見我的答案，男子苦笑：

「算了，我想也是。對你來說，我只是個不會留下任何記憶的小嘍囉吧。但是——有了當時得到的力量，我終於可以和你一戰。」

——男子的影子像是有自己的意識動了起來。

看見這個情形，我忽然想起來了。有個身穿黑色大衣，能夠隨心所欲操控影子，將攻擊轉移到其他影子的持有者——

「我想起來了。你是攻擊我們的城鎮，那個使用影子的神器(sacred gear)持有者吧。」

聽到我的話，男子不禁冷笑：

「正確答案。當時我被你痛扁了一頓，可是現在不同了。當時被你們打敗的悔恨、恐懼、對自己的無力感，讓我達到更高的層次。我就讓你見識一下影子的真正用法吧——」

嘶——……

在難以言喻的沉重壓力之後，男子周圍的柱子、自動販賣機等物體的影子都動了起來，令人毛骨悚然。然後男子以低沉的聲音輕聲開口：

「——禁手化(balance break)。」

嘶嘶嘶嘶嘶……

男子身上散發的壓力變得更加沉重，周圍的影子聚集到男子身邊，逐漸包裹他的身體。

影子一圈一圈在他的全身上下纏繞……慢慢塑造出具體的形狀，在男子身上形成看似鎧甲的東西。

……影子形成的全身鎧甲(plate armor)啊。簡直和我的禁手(balance breaker)一樣。

「——和自己的禁手(balance breaker)相當類似。你是不是這麼覺得啊？」

男子愉快地開口，像是看穿我的心思。

「沒錯，被你們打敗時，我腦中想的是更強大的防禦。我心裡很想要和你一樣的鎧甲。赤龍帝的攻擊力就是這麼可怕、強大、令人感動——『闇夜的大盾(night reflection)』的禁手(balance breaker)狀態，『闇夜的獸皮(night reflection death cloth)』。好了，赤龍帝，我可要報當時的一箭之仇囉？」

影子鎧甲有如生物，各個部位不住蠕動。影子連他的臉也蓋住了，只有發光的眼睛銳利地看著我。乍看之下根本是隻怪獸……

好了……愛西亞不在現場，我也無法升變。真是的，才剛開始戰鬥就這麼不走運……

算了，這也是很好的修煉——就試著不靠升變打打看吧！

不過我也變得越來越大膽了。大概是因為累積了不少實戰經驗，我已經不會極度緊張。

不，當然還是會緊張，也會發抖。

但是我已經不會嚇到無法戰鬥。經歷過各種遊戲、瓦利、洛基，或許是因為和諸多強敵交戰，我一點也不會因為對手是禁手(balance breaker)就怕到不敢衝出去。

——再怎麼說，我平常的練習對象可是禁手(balance breaker)狀態的聖魔劍的木場！

轟————！

我握緊拳頭，點燃背後的噴射口，直直衝向對手！

我將左拳向前伸出，以猛烈的速度向那名男子使出衝刺攻擊——

呼！

攻擊穿過對手的身體！男子的身體彷彿煙霧一樣散開，在接觸的瞬間，我沒有打中他的手感！對手看起來也是毫髮無傷……感覺就像衝進一團煙霧裡。

我立刻回頭衝刺，又從男子的背後使出一記飛踢，然而——

呼嗡！

攻擊還是穿過對手的身體！我回到原本的位置，重新調整姿勢……對方完全不受影響。

「不只直接攻擊，任何攻擊都對我這身影子鎧甲起不了作用。」

男子以嘲諷的語氣開口。

原來如此。穿上影子鎧甲之後，對他實體的攻擊都起不了作用。

就算知道這點，我還是只會直接攻擊啊！

我在手上接連製造小規模的神龍彈，朝著男子一陣亂射！

神龍彈在男子身上消失！並未命中。看起來簡直像被吸入體內——

我立刻冒出預感——這個傢伙原本的能力！

當我察覺到時，神龍彈亂射已經轉移到月台空間的陰影處，紛紛朝我飛來！

隆！隆！隆！

「可惡！這個能力也還在啊！」

在之前的戰鬥中，影子也把我們的攻擊全部吸收，然後從別的影子射出來！我將九重環抱在腋下，面對襲向我們的神龍彈，時而閃躲時而踢開，撐過這波攻勢！要是被自己的攻擊幹掉可就糗大了！

窸窸窣窣……！

——！月台空間的影子像是擁有自己的意志似地朝我伸來！

影子化為利刃攻擊我……只不過我的鎧甲相當堅固，這點程度的攻擊還不構成威脅。話說那是塞拉歐格的攻擊力太過異常，才能赤手空拳破壞這身鎧甲！

正當我如此心想時，一道影子纏住準備逃跑的我的左腳，一圈又一圈，試圖綁住我。大量的影子隨即形成類似長槍的尖銳物體朝我逼近！

「沒這麼容易！」

我將阿斯卡隆的刀刃伸出手甲，斬斷綁住我的腳的影子！然後朝後方跳開，重整態勢。

嘖……真是難纏。他應該是技巧型吧。

那是我最不擅對付的類型。這種類型的人經常用些莫名其妙的方式攻擊，在防禦方面，直接攻擊也經常起不了作用。這個對手則是兩者兼具。

「哈哈哈哈！果然厲害，不愧是赤龍帝。不過你的攻擊對我沒用，演變為持久戰的話就是我贏了！」

喔——喔——真是敢說。不過他說得沒錯，若是持久戰我的鎧甲會解除。該怎麼辦呢？他根本剋死我了。想要對付這個傢伙，交給會使用魔法的羅絲薇瑟才是最恰當的。

「嘿！」

轟！

被我抱在腋下的九重向前伸手，朝著男子發射火球。是個小火球。男子沒有閃躲，隨手就把火球捏爆。

「小狐狸公主，剛才那是狐火吧？這種程度的熱對我不管用喔？還不夠熱。」

「可、可惡！」

男子如此嘲笑。九重好像很不甘心。

…………還不夠熱？也就是說裝備那個鎧甲還是感覺得到熱度嗎？

我總覺得好像找到攻擊的手段，便從背後伸出龍之翼包住九重。

「德萊格，你設法用翅膀保護九重。」

『這個沒問題。倒是搭檔，你打算怎麼做？』

德萊格這麼問我。我用力吸了一口氣，將胸腔內充滿空氣，然後在肚子裡面製造出小小的火種。

——當然是打算贏啊，德萊格！

我提升赤龍帝的力量——轉讓給肚子裡的火種！

『BoostBoostBoostBoostBoostBoostBoostBoostBoostBoostBoost!!』

『Transfer!!』

肚子裡面產生的強力火焰從我的口中一口氣噴出去！

轟——————！

質量龐大的火焰掩蓋整個月台空間，地下完全充滿我的火焰吐息。

「——竟然會噴火！這、這股熱能……！」

即使想用影子轉移，整個月台也已經全面著火。而且即使你本身在影子鎧甲的保護之下不會受傷，熱度還是傳得進鎧甲裡吧？

「這是前龍王直接教我的火焰，保證夠熱——給我蒸熟吧。」

「該死————————！赤龍帝————————！」

火焰在男子身邊繚繞。男子受到火焰的熱度侵襲，當場放聲慘叫、滿地打滾。

直接攻擊可以化解，但是充滿整個月台空間的火焰散發的高熱就沒有辦法化解了吧。而我身上的可是赤龍帝的鎧甲（boosted gear scale mail）。身為龍也還算耐熱。即使是菲尼克斯的火焰我都承受得了。

「……龍的火焰……」

受到龍之翼保護的九重輕聲開口——

地下月台到處冒出黑煙，所見之處盡是一片焦黑。這個空間好像沒有重現灑水系統。

好像做得太過火了。幸好這裡不是真正的京都。

趴在地上的男子也在冒煙……影子鎧甲已經解除。全身上下都是嚴重燙傷。

剛才感覺到的壓力也已消失。別說禁手（balance breaker）狀態，他已經無法戰鬥了吧。

「……好強。即使變成禁手（balance breaker）……還是比不上天龍嗎……」

——男子即使渾身發抖，還是打算起身。

「你還想打嗎？再打下去你會死啊！」

我如此忠告，不過男子儘管跌倒好幾次，依然試圖站起來：

「死了也無所謂……可以在那個傢伙的……曹、曹操的麾下死去，也算得償所望……」

這番話一聽就知道是真正發自內心的吶喊。

「曹操沒有把你洗腦嗎？」

「沒有……我是依照自己的意願跟隨曹操……你想問我為什麼嗎？咯咯咯咯……」

男子一面痛苦喘氣一面說道。他應該連口腔內部都燙傷了，還是執意要說。

「……得到神器(sacred gear)的人有多麼悲慘，你也不是不知道吧？」

這個我知道。因為愛西亞也因此遭逢不幸。

「……並不是每個帶著神器(sacred gear)出生的人都能度過美好的人生……如果你身邊有個小孩像我一樣能夠隨意操縱影子，你覺得會怎麼樣……？」

男子如此自嘲，又繼續說下去：

「當然會受到嫌棄、受到迫害。因為這個力量，我從來沒有正常的生活……但是有個男人對我說，這種力量相當了不起。」

——是曹操吧。

「他對我說，帶著這種力量出生的我，是個才華洋溢的貴重人才……這番話足以拭去我過往人生的一切，你覺得有個人對你這麼說的話會怎麼樣？——會想要為了那個人而活也很正常吧……」

男子費盡千辛萬苦地表白……他就這麼仰慕曹操嗎？但是那個傢伙可是恐怖分子。

就像現在，他也綁架了九重的母親，準備做些很不得了的事。

「他可能只是在利用你啊？」

男子聞言之後笑了：

「那又怎樣？那個傢伙，曹操他！他告訴我生存之道，還有力量的用處啊……？這樣不就夠了嗎……！光是這樣就能讓我活下去……！原本狗屁不如的人生終於開花結果……！被他利用又何妨——！赤龍帝！」

…………

我只是默默聽著。男子流下眼淚，吐露心聲：

「……受到狗屁不如的待遇、過著狗屁不如的生活，對於我們這些神器(sacred gear)持有者而言，那個傢伙是光明……！我的力量，可以為了打倒惡魔、打倒天使、打倒眾神有所貢獻……！再也沒有其他比這更了不起的事吧……！還有……惡魔和墮天使和龍原本都是人類的敵人……！這可是常識！而你——同時是惡魔和龍！只會給人類帶來威脅！」

威脅啊。說得也是，對於人類而言，我應該相當可怕吧。

曹操——那個男人給了那些因為神器(sacred gear)而度過悲慘人生的持有者一條生存之道。對於眼前的這個人來說，或許是人生的一大轉機吧。

但是——

儘管雙腳不住顫抖，男子還是站了起來。他緩緩朝我走來。唯有敵意不見消退。

「別小看我們人類……！你這個惡魔……！」

他如此大叫，一點一點接近我。

沒錯。我是惡魔。這點不會改變。

我握緊拳頭，走向前方，朝男子的臉揮出一拳——

「我是惡魔又怎麼樣！」

叩！

臉部挨了一拳的男子朝著後方飛得老遠，背部用力撞上月台的柱子，接著當場失去意識，趴倒在地。

我對著倒地的男子低語：

「有人因為你的所作所為而哭泣。無論你有什麼理由，我都要揍你。」

瞥了他一眼之後，我順著陰暗的軌道看去。

沿著這個方向前進就可以通往二條城。走吧。大家應該也都打倒刺客前進了。

「九重，走囉。」

「嗯！」

我讓九重坐在背上，展開龍之翼沿著軌道飛去。

—○●○—

我順著軌道飛行，一路打倒途中襲擊我們的反制怪獸，抵達二條城前的地下鐵月台。

沒有停下腳步的我牽著九重衝上樓梯，奔向外面。

來到二條城的東大手門時——其他成員都已經到齊了。

「抱歉，我來遲了——」

我一面道歉，一面走去——

「嘔噁——……」

卻看見一身女武神裝扮的羅絲薇瑟在附近的電線桿嘔吐！

真、真的在吐……跩在一旁伸手摸摸她的背，同時問著：「還好嗎？」

……百元商店女武神，醉酒女武神，還有嘔吐女武神。

她真是太厲害了。來到京都之後，她在我心中的別名越來越多……

「不會，沒事就好。」

木場以笑容迎接我。我雖然有些困惑，不過幸好大家看起來都沒事。

喔喔，大家的衣服多少有些破損，但是沒有什麼明顯的傷勢。看來大家也都受到襲擊。

原則上我和木場各帶著一個不死鳥的眼淚，不過目前應該還沒有必要使用。

「愛西亞沒事吧。」

「沒事，有潔諾薇亞和伊莉娜保護我，我沒有受到刺客攻擊。」

「包在我身上。」

「反而是我覺得有人可以恢復很可靠呢。」

已經是戰鬥服打扮的潔諾薇亞和伊莉娜也這麼回答。

各自分散時唯一讓我擔心的事也證實是白操心。也對，有潔諾薇亞和伊莉娜在她的身邊。是我杞人憂天了。

潔諾薇亞的杜蘭朵——插在有著裝飾的劍鞘裡！多了劍鞘更讓人印象深刻。充滿攻擊性的神聖氣焰已經不再顯露在外，這樣就不需要收進亞空間裡了吧？

「……所以羅絲薇瑟是……」

「嗯。我們和刺客交戰。大概是因為那個時候動得太過激烈，之後就忍不住……」

木場好像也不知道該說什麼。

轟轟轟轟轟轟轟……

在我們會合的同時，巨大的門隨著沉重聲響逐漸敞開。看著開啟的門，木場不禁苦笑：

「看來他們也在等待我們。真會營造氣氛。」

「就是說啊。太小看我們了。」

木場出聲挖苦，我也嘆了口氣。

所有人彼此確認過後，一起走進二條城的大門——

「我打倒的刺客在倒下時說了，曹操在本丸御殿等我們。」

木場邊跑邊告訴我這件事。本丸御殿啊。

前進的我們穿過二之丸庭園，看見環繞本丸御殿的壕溝，走進通往本丸御殿的「櫓門」。

我們抵達了——一個搭建許多古代日本房舍的地方。裡面還有整理得很漂亮的庭園。打上了光之後，這些景觀在夜空之下顯得十分別緻。

這時有人對尋找英雄派氣息的我們說話。

「你們打倒了能夠使用禁手(balance breaker)的刺客啊。他們在我們當中雖然只是下級到中級左右的程度，但是能夠使用禁手（balance breaker）也是千真萬確。然而你們還是打倒了他們，真是驚人。」

庭園裡出現曹操的身影……其他成員們也從建築物各處的陰影當中現身。所有人都一樣穿著那套制服。

「母親大人！」

九重如此大喊。我順著九重的視線看去——一名身穿和服的美麗女子站在那裡。頭上長著狐狸耳朵，背後也有好幾條尾巴。這位就是妖怪大將九尾啊。真的長得很漂亮！

「母親大人！我是九重！請您醒醒！」

九重跑過去叫她，但是妖怪大將——八坂沒有任何反應。她的眼神黯淡，面無表情。

九重瞪著曹操等人：

「你們這些可惡的傢伙！你們對母親大人做了什麼！」

「我不是說過嗎？只是要請她稍微協助一下我們的實驗而已，小公主。」

曹操語畢，便以長槍尾端往地面一敲。瞬間——

「嗚……嗚嗚嗚、嗚啊啊啊啊啊啊啊！」

八坂忍不住慘叫，現場也有了劇烈變化！她的身體發出光芒，外形開始慢慢改變！整個人越變越大，九條尾巴也逐漸鼓脹！

「嚎————————！」

對著夜空放聲咆哮的巨大金色野獸——出現在我們眼前的，是隻巨大的狐狸怪物！

好大！大概和全長大約十公尺的噬神狼差不多大吧？因為有九條尾巴，因此看起來比噬神狼更大。

這就是傳說中的妖怪——九尾狐！噬神狼的體型很有野獸的美感，不過妖怪大將九尾的真面目也不輸給牠。

坦尼大叔也是很帥很有龍的風範，傳說中的怪物，外型全都美到會令人看得入迷。

……她的眼神怎麼看都不帶感情。這大概表示她被操縱了吧……也不知道這樣有沒有辦法說服她。我們還得和這個狀態的八坂戰鬥嗎？

於是我詢問曹操：

「曹操！你創造這個擬似的京都，甚至還操控妖怪大將九尾，到底有什麼企圖？」

曹操以槍柄敲敲肩膀回答：

「京都這個都市本身就是在強大的氣脈圍繞之下的大規模術式產生裝置。各種視為名勝的能量景點都充滿靈力、妖力、魔力等能量。因為在古代催生這座都市的陰陽師們，原本的目的就是將都城本身創造為巨大的『力量』。不過也因為這樣，這裡才會吸引各式各樣的存在……而這個擬似空間存在於極度接近又無限遙遠的次元夾縫中，氣脈的力量也開始流進這裡。此外九尾狐屬於妖怪當中的最高位階，可以說是龍王等級。京都和九尾之間的關係密不可分。正因為如此，在這裡進行實驗才有意義。」

曹操換了口氣，然後說出非常不得的事：

「——我要利用都市之力與九尾狐，將偉大之紅召喚到這個空間。照理來說應該是用好幾隻龍王比較容易成功召喚，但是要綁架那麼多隻龍王，即使是神佛也難以實現——所以我才想用都市和九尾兩者的力量來代替。」

——！他……他說什麼……？

「偉大之紅？你召喚那隻巨龍想做什麼？他只不過是喜歡在次元夾縫當中悠遊，並沒有造成任何實際損害吧？」

「是啊，那基本上是無害的龍。但是——對於我們的老大來說卻很礙事。妨礙到她返回故鄉了。」

——奧菲斯啊。

我的腦中浮現那個外貌像個少女的奧菲斯。恐怖分子的老大。站在三大勢力的立場，她相當於最終頭目。

……他們是想幫那傢伙實現回到次元夾縫的願望嗎？可是這樣做可能會對各個世界造成不良影響不是嗎？開什麼玩笑！

「……所以你們要把偉大之紅叫到這裡殺了他嗎？」

聽到我的問題，曹操歪著頭說道：

「不，再怎麼樣也不太可能那麼做。總之我只是打算先嘗試抓住他，抓得到的話再來慢慢想。他的生態目前充滿不明之處。你不覺得光是調查他就可以得到很大的收穫嗎？比方說試試看『食龍者（dragon eater）』能對那個赤龍神帝造成何種程度的影響等等。總之無論如何，這都是一次實驗。實驗看看能不能召喚強大的存在。」

——dragon eater？

這個首次聽說的詞彙令我感到訝異，但是反正不會是什麼好東西吧。

「……我聽不太懂。雖然聽不太懂，不過要是讓你們抓到那隻大龍肯定沒什麼好事。而且我們也得把九尾大人要回來。」

聽到我的話，潔諾薇亞便舉劍指著曹操。

——她舉起尚未出鞘的杜蘭朵。劍鞘的各個部位開始滑動、變形。

嘶咻————！

隨著劇烈的聲響，刀鞘滑開的地方開始噴出質量極大的神聖氣焰！氣焰更布滿刀身，形成極粗的氣焰之刃！

這就是新的杜蘭朵啊。攻擊性氣焰並沒有影響到周遭，而是聚集在刀身上面，化為神聖氣焰之劍。

光是站在旁邊，也可以隔著鎧甲感覺到強大的波動帶來的刺激。原來如此，刀鞘也是新杜蘭朵的一部分啊。刀鞘巧妙地控制杜蘭朵的威力。

「正如一誠所說，我不知道你們到底想做什麼，但是你們的想法會對我們還有我們的周遭帶來危險——在這裡宰了你們才是最正確的。」

木場也點頭同意潔諾薇亞的宣戰公告。

「我的意見也和潔諾薇亞一樣。」

「同上！」

伊莉娜也如此回應，同時在手上製造光之劍。

「每次和吉蒙里眷屬扯上關係，都會碰到生死一線間的狀況……」

匙一邊嘆氣一邊開口。抱歉了，匙。我們一直都是這樣……

「不過這也是為了學園裡的所有人和我的朋友——」

他的手、腳、肩膀出現好幾條黑蛇，在他身上爬行。黑蛇逐漸爬滿全身。不僅如此，還有一條黑色大蛇在匙的腳邊現身。

出現在匙身旁的大蛇全身上下冒出黑色的火焰，捲成一團。匙的左眼變成紅色，看起來好像蛇的眼睛。

匙散發出令人難以置信的壓力！老師，你把匙強化得太過頭了吧！這、這傢伙即使是一般狀態，也已經強到和我們在冥界交戰時判若兩人了！

「……弗栗多，不好意思，把你的力量借給我吧。既然有兵藤在一旁輔助，今天應該可以大鬧特鬧一番吧？」

如此輕訴之後，匙的身邊燃起黑色火焰。

大蛇以低沉的嗓音開口！

『我的分身啊。哪個才是我的獵物？是拿聖槍的？還是狐狸？哪個都好。久違的現世讓我通體舒暢。不只如此，以我的黑色火焰燒光眼前的傢伙也可以。』

喔喔，那條火蛇說的話也太嚇人了。話說他的意識已經恢復到可以說話了。那就是龍王之一。他散發出來的沉重壓力和坦尼大叔不太一樣，有點令人毛骨悚然又恐怖。

我聽說弗栗多擅長束縛對手的能力。總之請他先抓住九尾模式的八坂再說吧。正當我準備開口的同時——

嘶呼————！

潔諾薇亞高舉的杜蘭朵大肆噴發氣焰，隆隆作響！

眼前的神聖氣焰刀身膨脹得極為巨大，不但很粗，長度更有十五公尺左右！幾乎快要突破天際了！

好長————！好粗————！好大————！

之前她也用過杜蘭朵加上阿斯卡隆製造龐大的氣焰。當時的波動看起來就像兩根光柱，然而現在更是把之前那招比下去了！

但是攻擊性氣焰卻不像之前那樣擴散。巨大的力量看起來相當集中。

話說潔諾薇亞！妳又要像上次那樣一開始來個搶先攻擊嗎？

「──這是我們的第一招。接招吧！」

像是要炸飛我心中的吐嘈，潔諾薇亞將十五公尺級的神聖氣焰之劍──朝英雄派的方向一口氣揮落！

唰嘩────────────！

潔諾薇亞這一劍將本丸御殿的房舍全數摧毀。氣焰的波動形成的巨浪勢不可擋，將遠方的建築物、公共設施、景物完全吞噬！

地面一分為二，衝擊產生的震動衝擊我們的腳，我們只能原地跪倒！

攻擊結束之後──眼前的一切悉數消失，龐大的氣焰攻擊跨越二條城的壕溝，將城外的建築物和道路也破壞殆盡！

……太誇張了！這個攻擊力也太離譜了！

「呼──」

潔諾薇亞垂下肩膀喘氣，伸手擦了一下額頭上的汗。杜蘭朵恢復原本的入鞘狀態。

呼——什麼啊！那是什麼工作告一段落的表情！幹嘛劈頭就使出過度強大的攻擊啊！好吧，或許以結果來說ＯＫ是沒錯！

「喂，潔諾薇亞！妳別一出手就衝過頭啦！」

我這麼說的時候有點激動，但是潔諾薇亞比出勝利手勢回應我：

「開場當然要來一招大的。」

「洛基那個時候妳也是突然出手吧！喂喂喂……」

看來無論我怎麼說，這傢伙也不會聽吧！

「放心吧。這已經是調整過威力的結果了。認真起來我可以一刀夷平這一帶。我的目標是你全力射擊的神龍彈，但是很難達到。嗯。像你那種力量型的戰鬥方式才是我的理想。」

「嗯個頭！我才不是這種破壞狂！」

這個傢伙身為「騎士(knight)」卻一味追求力量……還真的和木場是兩個極端。我看她當「城堡(rook)」應該比較好吧？

潔諾薇亞敲了新杜蘭朵兩下：

「這把新杜蘭朵透過鍊金術，已經和王者之劍同化了。」

——！王者之劍？真的假的！

伊莉娜從旁開口：

「我來說明吧。簡單來說，教會好像是將他們保管的王者之劍以刀鞘的形式蓋在杜蘭朵的刀身上！以王者之劍的力量，將杜蘭朵為潔諾薇亞所用時具有攻擊性的部分包覆，免於洩漏到外面。而覆蓋在外的王者之劍和杜蘭朵能夠同時激發彼此，兩把聖劍的力量在相輔相成之下……便產生兇惡的破壞力！」

伊莉娜指著遭到破壞的地方解說。

「原來如此，以王者之劍為器皿承接杜蘭朵的氣焰，同時讓王者之劍和杜蘭朵一起提升力量啊。如此一來，兩把聖劍合而為一，所以才能夠發揮如此強大的威力。」

「就是這麼回事，一誠。似乎是因為發現杜蘭朵的氣焰可以在其他聖劍上產生作用，教會才會開始研究這種做法。」

「啊，在暑假的遊戲當中，潔諾薇亞將杜蘭朵收在亞空間裡，只有讓氣焰罩在阿斯卡隆上面。搶回愛西亞時也用阿斯卡隆和杜蘭朵相輔相成，提升氣焰的強度。」

「沒錯沒錯，好像就是因為這樣教會才會想到新的杜蘭朵。」

伊莉娜一面點頭一面說道。

這樣啊──王者之劍和杜蘭朵合體而成的聖劍。不過七把王者之劍當中，教會所保管的只有六把吧？只用六把做出那種有如刀鞘的形狀嗎？

潔諾薇亞舉起劍唸唸有詞：

「——王之杜蘭朵。這把聖劍就這麼稱呼好了。」

王之杜蘭朵啊。的確是個無可非議的名字。雖說只是原名組合，卻是很確切的命名。

「不過能夠憑這招打倒敵人的話，我們也不用這麼累了。」

潔諾薇亞的視線對準前方。

……說得也是。我也不覺得對方有那麼好對付，可以憑著剛才那招解決。

叩！

在如今空無一物的房舍原址——地面伸出一隻手臂之後，土堆一下子隆起，幾名英雄派成員從中現身。他們身上籠罩著一層薄霧。

所有人身上都有點髒——然而似乎毫髮無傷。那陣霧擋住聖劍的力量嗎？

一開始從地底下伸手的是個身高看起來有兩公尺的巨大男子，他活動著脖子，曹操則是在他身後拿長槍敲打肩膀。接了剛才那招還沒事啊。如果沒有這點本事，也不會對各個勢力發動恐怖攻擊就是了……

曹操摸著下巴笑道：

「哎呀——真不錯♪」

如此說道的他看起來真的很開心。

「你們即使和中等實力的上級惡魔——不，和頂級上級惡魔的眷屬惡魔相比也已經毫不遜色了。魔王的妹妹還真是擁有一群好眷屬。正式參加排名遊戲的話，應該可以在短期之內擠進百名以內——只要十幾年就可以晉升到頂尖等級吧？無論如何，將來的你們都很令人害怕。夏爾巴・別西卜居然瞧不起這麼厲害的你們。那個傢伙真是笨啊。」

聽到曹操這番話，齊格飛不禁苦笑：

「他太過拘泥於陳腐的尊嚴，看不見從底下爬上來的人吧。所以瓦利也拋棄了他，舊魔王派才會瓦解。接下來——怎麼樣？我接了剛才那招之後，心情莫名興奮喔？」

「這個嘛。總之先開始實驗再說吧。」

曹操以長槍槍鐏敲擊地面——九尾大人便開始發光！這是怎麼回事！

「將能量景點的力量注入九尾狐身上，準備呼喚偉大之紅——格奧爾克！」

「收到。」

曹操一聲令下，一名在制服外面披上長袍，打扮很像魔法師的青年——名叫什麼格奧爾克的人將手向前一伸。青年身邊出現各種圖樣不同的魔法陣，充滿四面八方！排列在魔法陣上的數字和魔術文字快速變動！

這個魔法陣的量不輸給羅絲薇瑟！

「……根據魔法陣判斷，光是看上一眼就有北歐式、惡魔式、墮天使式、魔術、白魔術、精靈魔術……他能夠使用相當豐富的術式……」

羅絲薇瑟瞇著眼睛開口。

所以他是很厲害的魔法師囉？話說他就是霧的使用者吧？既持有神滅具(longinus)，又會使用魔法啊！

九尾大人腳下展開巨大的魔法陣。雖然不太一樣，不過那個魔法陣的圖樣我有印象……對了，和老師在呼喚那個巨大的龍王——密特迦歐姆的意識時所畫的魔法陣相當類似！

「嚎喔———————」

九尾大人放聲大吼。她的雙眼大張，眼神開始染上危險之色，全身上下的金毛一根根倒豎！

一眼就能看出那不正常！再這樣下去應該相當危險吧！

使用霧的魔法師開口：

「召喚偉大之紅用的魔法陣和祭品的配置妥當。再來就看偉大之紅會不會受到這個都市的力量吸引了。這裡還有龍王和天龍各一，或許算是很幸運的。曹操，不好意思，我無法離開這裡。因為我必須控制這個魔法陣，進行起來相當辛苦。」

聽到魔法師的這番話，曹操揮揮手表示同意：

「知道了知道了。那麼——該怎麼辦呢。持有『魔獸創造(annihilation maker)』的李奧納多和其他成員正在對付外面的聯軍。也不知道他們能夠爭取到多少時間。外面有墮天使的總督、魔王利維坦，還有情報指出熾天使(seraph)的成員也來了——貞德、海克力士。」

「是是。」

「喔！」

聽到曹操的呼喚，一個拿著細劍的金髮外國大姊姊，和剛才那個身材高大的男子一起向前走來。

「他們兩人繼承英雄聖女貞德和海克力士的意志——繼承了他們的靈魂。齊格飛，你想和誰打？」

對於曹操的問題，齊格飛拔出劍——劍尖指著木場和潔諾薇亞。

看見他的動作，那個名叫貞德的大姊姊和名叫海克力士的高大男子露出笑容。

「那麼我來對付天使小妹好了。看她長得那麼可愛。」

「我就找銀髮的小姐吧。雖然她看起來不太舒服！」

各個交戰組合分別看向對手……木場、潔諾薇亞與齊格飛、伊莉娜與貞德、羅絲薇瑟與海克力士……

「那麼我就對付赤龍帝囉。那個弗栗多小弟呢？」

曹操看向匙。匙的火焰燃燒得更為猛烈，但是我伸手制止他。

「……匙，你去應付九尾。想辦法把她從那裡放出來。」

「我負責怪獸對決啊……好吧。兵藤，你可別死了。」

「誰會死啊。你才要好好加油。」

「我好歹也在過來這裡之前升變『皇后（queen）』，打從一開始就很有幹勁！」

經過這樣的對話，一陣巨大的黑色火焰包圍匙的身體。火焰逐漸擴張、膨脹，變得越來越巨大。

「——『龍王變化（vritra promotion）』！」

火焰更加擴張！漆黑的火焰逐漸凝聚成形，變化為身體細長的東方龍。

「嘶沙————！」

巨大的黑龍發出嘶鳴聲——和九尾大人正面對峙。匙順利變化為龍王了。黑色的火焰團團圍住魔法陣，開始散發渾濁而陰暗的氣焰。弗栗多擁有許多與眾不同的能力，在對抗惡神洛基一戰當中發揮極大的效用。雖然種族不同，不過希望那對九尾大人也有效……

我對愛西亞說聲：

「愛西亞，九重交給妳了。」

「是的。」

「九重，妳可以保護愛西亞嗎？」

「包在我身上！不過——」

「好，我知道。我——我們一定會救出妳的母親！」

我豎起拇指回應九重，同時從背上伸出龍之雙翼。我的對手是——曹操。英雄派的領袖。持有最強神滅具(longinus)的男人。

真是的，為什麼我最近老是面對這種頭目級的對手啊。

「算了。我問你，你比瓦利強嗎？」

我如此問道。曹操開心地揚起嘴角，聳肩說道：

「這個嘛。不過我應該不算弱吧。雖然身為弱小的人類。」

「胡說八道。能和老師對打的傢伙怎麼可能有多弱。」

「哈哈哈哈，這麼說也對。可是那個老師超強的喔？我覺得自己跟他還差得很遠了，胸部龍。」

你來我往一番之後，瞬間安靜下來。但是——

「嚎喔————！」

「嘶沙————！」

這時匙和九尾大人開始怪獸大決戰！

黑色的火焰飛舞，將九尾大人的四周完全包圍。火焰詭異晃動之後，九尾大人全身開始釋出氣焰。這個現象似乎讓九尾大人相當痛苦。

這就是在對抗洛基之戰當中曾經用過，奪取對手力量的招式？照這樣下去或許可以在毫髮無傷的狀態讓她失去戰鬥能力！正當我打著這種如意算盤的時候——

九尾大人從口中吐出熊熊烈火！雖然不比坦尼大叔，但是火力也相當強大！隔著鎧甲也可以感覺到她的火焰所產生的熱浪！如果是不算太強的對手，那已經足以燒成黑炭了。

化身為弗栗多的匙也從口中吐出黑色火焰，兩股巨大的火焰在本丸御殿上空相撞，引發一陣大爆炸！同時包圍著九尾大人的黑色火焰也被吹散。眼前正在進行對抗洛基之戰後首見的大怪獸對決！

『可惡！火焰結界沒辦法運用得像洛基那個時候一樣順利……』

『集中精神，我的分身。使用我的力量需要強大的專注力……但是原因不只這樣。在得到都市之力的狀態下，九尾的妖力變得極為龐大也是原因之一，不過那個魔法師展開的魔法陣也發揮奇妙的結界效果。術式有點複雜又棘手……這嚴重妨礙我的火焰，抵銷火焰的功效……都市、九尾的力量、神滅具(longinus)、魔術等等混合在一起啊……即使我想驅散九尾的力量，從都市流向她身上的力量也會立刻復原。這樣下去反而是我們會撐不住。』

我透過赤龍帝的手甲(boosted gear)聽見匙和弗栗多的對話。

九尾大人、來自京都能量景點的力量、魔法陣，每個要素都很棘手。要一次對付這麼多問題，再怎麼樣也太吃力了。

『需要我的轉讓嗎？』

我透過神器(sacred gear)發問。如果加上我的力量，或許匙的力量就可以破壞魔法陣了……

『不需要。我的分身還無法順利駕馭我的力量，在這個狀態再加上赤龍帝的力量，結果只會失控。只能讓我的分身在實戰當中學會我的力量特性了。』

但是弗栗多如此回答。

我知道了。匙，加油啊！你要是碰上危險，我會盡可能過來幫你的！

『……好！你也去打飛那個傢伙吧！』

好，包在我身上！在我們利用神器(sacred gear)對話之際，弗栗多和九尾大人再次朝彼此噴出火焰！

雙方火力強大的火焰依然在空中互相碰撞，產生大爆炸！

九尾狐和龍王的火焰對決產生的爆炸氣流肆虐，使得這一帶颳起強風，但是吉蒙里眷屬和英雄派成員依然彼此互瞪，沒有離開原位。

開幕由匙包辦了。接下來輪到我們！

「木場！潔諾薇亞！到遠一點的地方去打！盡可能讓這些傢伙遠離九尾大人！」

「收到！」

他們兩人如此回答之後便衝了出去。齊格飛也追上去。

鏘！鏘——！

銀光一閃，木場加潔諾薇亞和齊格飛之間迸現火花！

三刀流的齊格飛以最小的動作接下木場和潔諾薇亞的斬擊，同時使出銳利的刺擊！潔諾薇亞的杜蘭朵在戰鬥之中可以滑動劍鞘，露出正常的刀刃部分啊。

「──只有一把劍打起來真不順！」

潔諾薇亞把手放在王之杜蘭朵劍鞘的一部分──機關便喀嚓啟動，彈出握把！她握住握把一拔，從王之杜蘭朵上拆了下來。我原本還以為只有握柄和劍鍔的部分，結果劍鍔上還連著劍刃！那、那是怎樣的機關！

那把杜蘭朵還收納了其他刀劍嗎？莫非那是其中一把王者之劍？機關也太多了！

變成二刀流的潔諾薇亞加快動作，提升斬擊的速度。齊格飛見狀笑道：

「越來越有意思了。好，我就特別招待你們！」

啪！

齊格飛手舉魔劍猛力一揮，兩人躲過他的攻擊，暫時後退。

抖……

齊格飛身上散發出難以言喻的沉重壓力……！一股涼意竄過背脊，我感覺他的殺氣更加膨脹！

「──禁手化(balance break)！」

嘶！齊格飛的背上——另外長出三隻銀色的手————！嗚哇，看起來好像阿修羅！新的手將他佩戴在腰間的剩下幾把劍拔出來——是六刀流！

「魔劍提爾鋒和達因斯雷。還有用來對付惡魔的光之劍。好歹我也曾是教會的戰士。」

六隻手臂各自握劍，外表有如阿修羅。

「這就是我的『阿修羅與魔龍饗宴（chaos edge asura ravage）』。『龍手（twice critical）』的亞種神器（sacred gear），禁手（balance breaker）之後也是亞種。能力很單純——有幾隻手，力量就會倍化幾次。對於只靠劍技和魔劍就能戰鬥的我來說，這已經是相當充分的能力。好了，你們能打到什麼程度呢？」

……木場、潔諾薇亞！

正當我擔心他們兩個之時，伊莉娜也和那個名叫貞德的大姊姊展開激戰。

「光啊！喝！」

伊莉娜拍動純白羽翼，從上空朝貞德發射好幾把光之長槍。攻勢相當犀利，長槍也頗粗。人類或是普通的惡魔只要挨了一下就會被分屍吧。

然而貞德輕盈地躲過那些攻擊。那個大姊速度相當快！雖然比不上木場，但只要她動起來，我幾乎看不見她的身影。

「不錯不錯！天使妹妹連攻擊也這麼直接，姊姊好感動！」

她好像相當開心！

貞德拿著細劍彈開伊莉娜的光力攻擊！

「那麼就用這招！」

伊莉娜以滑翔的方式一口氣逼近敵人！手拿光之劍砍向貞德！

但是貞德正面迎接她的攻勢。

鏘——！

金屬互擊聲響起，兩人僵持不下！雙方勢均力敵！貞德露出無畏的笑容！——她一定有什麼企圖！

「——聖劍啊！」

隨著貞德的呼喊，腳邊冒出一把劍！伊莉娜儘管吃了一驚，還是勉強轉身躲過那把劍！

這時貞德又趁機使出銳利的刺擊——不過伊莉娜振翅退到上空。

貞德對著在空中喘氣的伊莉娜大笑：

「厲害厲害！喔——是我看輕妳了。不愧是天使。」

「再、再怎麼說我也是天使長米迦勒大人的A（ACE）！別小看我！」

「這樣啊——米迦勒先生的部下啊——我知道了。姊姊我也像阿齊一樣特別招待吧。」

貞德眨著眼睛開口……阿齊？她是指齊格飛嗎？話說又有什麼特別招待？該不會是像齊格飛一樣——

「姊姊的能力是『聖劍創造(blade blacksmith)』。就是那邊那位聖魔劍小弟持有的神器(sacred gear)的聖劍版。任何屬性的聖劍都創造得出來喔？可是光是這樣贏不了真正的聖劍。不過妳不覺得凡事都有例外嗎？」

大姊嫣然一笑。貞德的神器(sacred gear)是木場的聖劍版啊。我原本就知道這個，而且木場也因為變成禁手(balance breaker)的影響，也能夠製造聖劍。

不過例外……？我想像得到的只有壞事——而且我的預感成真了。

「——禁手化(balance break)♪」

隆————！

笑得很可愛的大姊腳邊冒出大量的劍——聖劍，以驚人的氣勢堆疊在一起！聖劍逐漸形成某種巨大物體！

——貞德在背後以無數的聖劍創造巨大的龍！

聖劍形成的龍！那位大姊居然創造出如此誇張的東西！

「這孩子是我的禁手(balance breaker)，『斷罪聖龍(stake victim dragoon)』。和阿齊一樣是亞種。」

貞德面露微笑，伊莉娜則是一臉凝重。

「……聖女貞德……身為天使卻得和繼承聖人靈魂的人戰鬥，讓我的心情很複雜。但是這也是為了米迦勒大人和大家！和平最重要！」

喔喔，她舉起光之劍重振氣勢！伊莉娜，妳也要好好加油！

轟——！隆——！

激起一次又一次爆炸聲的，是進入爆破戰的羅絲薇瑟和那個海克力士！

「唔！挨了我的魔術竟然沒事！」

羅絲薇瑟展開一連串的魔法攻勢，但是即使被那些攻擊擊中，海克力士依然欣喜若狂地向前衝！

「哈、哈、哈——！好啊！妳的魔法攻擊威力相當不錯！」

——！他還笑得出來！接了羅絲薇瑟的北歐魔術全方位轟炸依然不當一回事，繼續衝鋒！不，他有受傷！雖然不嚴重，不過全身上下都是傷痕。

話說中了那麼猛烈的魔法攻擊卻只有那點損傷，他也太強壯了吧！

轟——！

海克力士每次出拳就會傳出爆炸聲！簡直就像是手裡拿著炸彈在揮拳似的！

羅絲薇瑟輕盈躲開，海克力士的拳頭落空，擊中後方的樹木。剎那間——樹木隨著爆炸聲炸得粉碎！

「我的神器（sacred gear）是在攻擊的同時炸傷對手的『巨人的惡作劇（variant detonation）』！我是可以繼續這樣用拳頭彈開妳的魔法來場爆破秀，但是其他傢伙都使出禁手（balance breaker）了，如果我沒有趁勢一起用，之後大概會被唸吧！不好意思，就讓我一口氣變成禁手(balance breaker)打飛妳吧！喔啊————————！禁手化(balance break)

————！」

隨著男子的大吼，巨大的身體也開始發光！光芒在男子的手上、腳上、背上逐漸形成某種厚實的隆起！

光芒平息之後，男子——海克力士全身上下出現無數的突起物！那些突起物……形狀簡直就像飛彈……不、不會吧，難道——

「這就是我的禁手(balanced breaker)！『發自超人的惡意波動(detonation mighty comet)』————！」

海克力士將攻擊的目標——設定為羅絲薇瑟！羅絲薇瑟似乎也發現這件事，即刻動身拉開距離！

「照這樣下去，這個地方會……！」

羅絲薇瑟面帶苦澀的表情加快腳步，想要盡可能移動到遠離本丸御殿的地方！羅絲薇瑟打算讓我們遠離那些飛彈——

「哈、哈——！妳真是個好女人！為了不讓同伴受到爆炸波及，打算分散我的注意力嗎！很好！我就配合妳吧！」

海克力士開心地放聲大笑。已經遠離本丸御殿的羅絲薇瑟在空中轉身，隨即展開無數的魔法陣！

海克力士的飛彈進入發射態勢，一起飛了出去——

沒那麼容易！我對著海克力士伸出左手，準備發射神龍彈！我要趁飛彈剛發射時用這招盡可能多攔截幾發！

正當我準備發射神龍彈時——

「哎呀，你的對手是我喔。」

曹操瞬間移動到我的左手前方！那就這麼吃我一招吧！

隆！

神龍彈從我手中發射——碰！曹操用長槍輕輕一挑，將我的手往上撥！神龍彈在我的手被撥開之後才發出，朝著無關緊要的方向飛去！

在這段期間裡，海克力士發射的大量飛彈飛向羅絲薇瑟身邊——

轟隆————————！

無數的飛彈擊中羅絲薇瑟展開的魔法陣，在那個瞬間，空中產生巨大的爆炸！強烈的爆炸氣流襲擊這一帶！

爆炸煙霧當中出現一個人影！我仔細一看，那是羅絲薇瑟，儘管遍體鱗傷還是順利降落地面！

羅絲薇瑟變成「城堡(rook)」之後提升了防禦力，而且還展開防禦魔法陣，即使如此還是受了重傷。

更誇張的是只要羅絲薇瑟認真起來，她的魔法威力可以將一個城鎮轟得不成原型，對於海克力士卻起不了什麼作用。

那個大漢的攻擊力和防禦力在羅絲薇瑟的能力之上嗎！或者是針對魔法和魔力的攻防能力特別優異？

無論如何，都得先幫羅絲薇瑟恢復才行。

「愛西亞，幫她恢復！」

我對愛西亞下達指示。

嘩——

綠色的光球飛到羅絲薇瑟身邊！愛西亞對羅絲薇瑟送出恢復之光。羅絲薇瑟也豎起大拇指道謝。看來她是復原了？幹得好，愛西亞！

「哈！恢復啊！算了，這樣也好！」

海克力士喜形於色，愉快地接受羅絲薇瑟的恢復。看來這個傢伙也是個戰鬥狂。海克力士離開原位，朝羅絲薇瑟的方向衝去！

可惡……無論哪個傢伙都是禁手（balance breaker）、禁手（balance breaker）的！像是看穿我的心思，曹操愉快地笑道：

「不錯吧？像這樣的禁手（balance breaker）大拍賣。人類的能力也得像這樣通貨膨脹一下才能面對超自然現象嘛。」

他轉動手上的長槍，慢慢拉開和我的距離……乍看之下渾身都是破綻。我是很想發動攻擊，但是又怕他的反擊。

雖然這只是我的直覺，不過我猜他應該是技巧型。

要是我衝上前去，他大概又會像剛才一樣以最小的動作彈開攻擊，只是白費力氣。

「你也打算和他們一樣變成禁手（balance breaker）嗎？」

曹操聞言搖搖頭：

「不不不，即使不做到那種程度我也能打倒你們。不過今天我想好好摸清楚赤龍帝的底細喔。」

「……你還真是老神在在。不過聽起來倒不像是瞧不起我。」

「是啊，我正在想該如何才能讓你發揮力量，好好享受這場戰鬥呢。」

簡直就像瓦利一樣。瓦利的悠哉版。那傢伙的做法是直接靠自己的拳頭推估我的力量。這傢伙則是以興致盎然的眼光看待我的每一個行動。

曹操豎起一根食指說道：

「我的同伴提出一個可以打倒你的假設。使用具有加快時間能力的神器（sacred gear）攻擊你。如此一來就可以不斷加快禁手（balance breaker）的限制時間，讓你的鎧甲在得以盡情發揮之前就遭到解除。我的同伴當中有人持有的神器（sacred gear）用來對付有時間限制的能力特別有效。可以一口氣加快時間的流動，浪費這些時間。就只是這樣的能力，沒有任何直接的攻擊力或特殊效果，純粹只能操控限制時間。但是對於時間受到限制的你卻是決定性的打擊。不過——這招恐怕無法打倒你。」

……他想說什麼？我無法看出曹操的這番話有什麼意圖。

「你打算深入了解你的神器（sacred gear）。如果你自行解除禁手（balance breaker），使加快時間的效果附加在非禁手（balance breaker）的神器（sacred gear）能力，也就是每十秒使力量倍化的能力會怎麼樣……？想必會變成能夠瞬間倍化的難纏對手吧。當然，在禁手（balance breaker）狀態遭受的攻擊，是否會影響非禁手（balance breaker）狀態的神器（sacred gear）還是個未知數。但是經常潛入神器（sacred gear）的你，或許會使這種可能性成真。」

「你想說什麼？」

面對我的問題，他只是聳了聳肩：

「我想說的是，說不定直截了當的攻擊會比耍弄小手段更容易打倒你——你對於技巧型的警覺性特別高，或許這種類型的戰力反而會覺得你很難搞。」

——我才覺得你很難搞……明明才見面沒多久就開始分析我了。真可怕。

「但是兵藤一誠，你也有兩個決定性的弱點——屠龍者（dragon slayer）和光。龍、惡魔，具有兩種特性的你確實很兇惡，但是相對的弱點自然也會變多。我特別注意的就是你的弱點，也很想證明這個世界上並沒有所謂的無敵。先聊到這裡吧——好了，該開戰啦。」

曹操以槍尖指著我……所以我也得開戰囉。

首先要升變……是「騎士」好呢？還是變成「主教」強化神龍彈呢？……不，沒有必要在這種緊要關頭進行實戰練習。一口氣衝到頂點吧。

「愛西亞！我要升變為『皇后』！」

「好！」

得到愛西亞的同意，我變成「皇后」！力量流進我的體內！

從那之後我一直訓練！某種程度上也在實戰當中發揮各種棋子的特性！我要在這裡稍微展現成果！我展開龍之翼，背後的推進器猛烈噴射！

轟————！

『JET！』

我伸出拳頭，以猛烈的速度對曹操發動攻擊！我左思右想，還是決定先衝刺再說！

我就這麼直直向前衝！曹操靈活地旋轉手上的長槍，在我的拳頭即將命中之際輕巧地躲過！

——！他有辦法應付我的衝刺攻擊嗎！那麼——！

我在原地改變噴射軌道，朝曹操閃躲的方向發動第二次衝刺！

同時在雙手凝聚魔力！我要抓準曹操閃躲的瞬間，對他發射雙重神龍彈——

喀！

曹操將我的右手往上一踢，又揮槍一掃，將我的左手往旁邊架開！神龍彈和剛才一樣朝無關緊要的方向發射！

該死！果然又只靠最小的動作化解我的攻擊！

嗖！

心有不甘的我感覺腹部有異狀——低頭一看，曹操的長槍深深刺進來——

「咳！」

肚子湧出大量的血，從我的嘴裡向外噴。

…………中、中招了！

「——弱是不弱。不過以正面的攻防來說破綻太多。」

嘶。

曹操緩緩將長槍從我的腹部抽出。

——瞬間我的腹部，不，我的全身竄過劇痛。以傷口為中心，我的身體開始冒煙。

好……好痛……這、這種痛……和聖劍砍的傷一樣…………傷口冒煙的現象也很類似……！

也、也對，既然是聖槍……痛楚和效果也……

——糟糕，意識開始模糊了——

「一誠先生！」

嘩——

綠色的光芒籠罩我的身體。腹部的劇痛逐漸緩和。

……愛西亞對我發射恢復之光啊。好險，我的意識確實差點就要消失了。

不過傷口還沒有完全癒合，還有點冒煙。話說眼看傷口就要再次裂開了！光靠遠距離的恢復還不夠啊。愛西亞發射的遠距離型恢復之光雖然方便，但是效果比直接碰觸的恢復差了一點……話雖如此，其實遠距離型的恢復能力已經十分足夠，是聖槍的傷害太大了。

我從懷中拿出不死鳥的眼淚，灑在腹部的傷口上…………傷口總算開始癒合。真不愧是不死鳥的眼淚。

「你知道剛才差點死掉了嗎？你被聖槍刺穿，差點快要消失。沒想到自己會這麼輕易送命吧？」

曹操輕鬆地笑了。

他說……我、我剛才，差點死掉……？真的假的。剛才那一刺確實深深插進腹部，我也認為足以致命，但是我以前不是沒受過那種程度的傷，原本還覺得自己多少還能行動，正打算出招反擊揍他的臉。

——差點就要消失了？

他是指惡魔遭受聖屬性攻擊，化為虛無的意思嗎？我……剛才差點就要變成那樣了？剛、剛才身上的確冒出了不少煙，沒想到我的存在差點就要消失嗎……

想到這裡，我不禁打了冷顫。

那……那的確是很危險。如果就那樣死掉的話，我要拿什麼臉去見社長和愛西亞！

曹操拿著長槍敲敲肩膀。那是他的習慣動作嗎？算了，現在不是管那個的時候。

「你記清楚了。剛才那就是聖槍。無論你變得再怎麼強，唯有這種攻擊無法克服——因為你是惡魔。即使是瓦利也一樣，只要身為惡魔，聖槍的傷害就是絕對的。」

我現在非——常明白了。還是別碰到那把長槍為妙。那麼……現在該怎麼辦呢？

曹操看了我的反應，愣了一下：

「……哎呀呀，你不怕啊。我本來以為你會更恐懼、露出更滑稽的模樣給我看……」

「啥？我當然怕啊。但是我可沒那個閒工夫發抖。如果沒辦法在你的臉上揍個一拳，之後肯定會被大家罵的。赤龍帝可不是這麼好當的。」

「哇哈哈哈哈！」

曹操突然大笑……這個傢伙是怎麼了。他的表情從剛才就變個不停。

「真是不錯。我好像有點懂瓦利為什麼會中意你了。原來如此，相當不錯。瓦利，你找到了好對手啊。」

以手指抹去笑到流出來的淚水之後——曹操展開槍尖，製造光之刃！

「——來吧。」

啪啦……

曹操散發的壓力變強了。看來他好像稍微認真一點了吧？這讓我覺得更加可怕。

我伸出右手，準備發射極大的神龍彈！

『BoostBoostBoostBoostBoostBoostBoostBoostBoostBoostBoost!!』

隆！

超大的魔力飛向曹操！

「看來這招沒辦法用身體硬接。」

正當曹操準備以長槍彈開神龍彈時——我早已料到他的行動，在發射的瞬間點燃背後的噴射口，飛了出去！

我要趁曹操彈開魔力彈時痛毆他！

曹操奮力揮槍，將極大的神龍彈——砍成兩半！一刀兩斷啊！無所謂！趁他揮槍的時候，我的右拳閃電出擊！

『BoostBoostBoostBoostBoostBoostBoostBoostBoostBoostBoost!!』

威力增大的拳頭直逼曹操而去！

「感覺得到力量之中的力量！」

曹操在喜形於色的同時迅速收槍，準備揮開我的手——就是現在！右手這拳只是刻意的假動作！我的右拳在對手面前停下！曹操的揮擊隨之落空。

接著我打出左拳！同時將力量轉讓給收納在手甲當中的阿斯卡隆！

『BoostBoostBoostBoostBoostBoostBoostBoostBoostBoostBoost!!』

『Transfer!!』

我將阿斯卡隆的刀刃伸出手甲——然後向後一跳！後退的同時以阿斯卡隆發出波動！

啪咻！

阿斯卡隆的波動襲向曹操。他好像真的沒料到這招，不見他有任何閃躲的行動！

嘶咻！

隨著悶聲響起，曹操的左手在空中飛舞。阿斯卡隆的攻擊砍斷他的手臂！成功了！連番假動作之後的有效攻擊！

木場陪我修煉那麼久終於有了成果！我在心裡擺出勝利姿勢。沒錯，無論那把長槍有多麼強大又是我的弱點，那個傢伙還是有他的弱點。

——身為人類的血肉之軀。

以肉體的強度來說，同時身為龍和惡魔的我想必比他高。曹操等英雄派再怎麼比普通人健壯，也不可能有瓦利和洛基那麼耐打。

如我所料——即使稱不上打得贏，至少還能一戰。

曹操將長槍刺在地上，以右手接住從上空掉落的左手。他面無表情地將左手夾在腋下，從懷裡掏出一樣東西。我原本還在狐疑，然而此時卻看見熟悉的小瓶！

——那是。

曹操拿下小瓶的蓋子，將裡面的液體灑在傷口上，接著將左手的斷面貼在一起。他左手的傷口在冒煙之後——就像沒發生任何事似地恢復原樣！

那個小瓶……裡面的東西也無庸置疑！……是不死鳥的眼淚！

「你、你怎麼會有那個！」

聽到我的問題，曹操笑著說道：

「透過地下管道弄到的。只要確保流通管道又肯付錢就弄得到。不過菲尼克斯家的人大概萬萬沒想到這個東西會落入我們手中吧。」

……竟有此事。原本就已經是貴重品，同時也是惡魔重要的恢復道具，偏偏落入恐怖分子的手中……！

如果有那個，或許有更多被你們傷害而受苦的人可以獲救！

「憤怒使得你的氣焰增強……是吧。氣焰因為情緒起伏而波動，有時會帶來毀滅喔？以你來說，你曾經一度因為這樣變成『霸龍(juggernaut drive)』。」

多管閒事！該死！扯上這些傢伙還真是什麼都不奇怪！

喀嚓！

這時，我的鎧甲破裂掉落！這是……怎麼回事？

「我在你向後跳時稍微砍到那裡。雖然有點晚，不過看來這把長槍只要輕輕攻擊就可以破壞赤龍帝的鎧甲(boosted gear scale mail)。」

……也就是說我在不知不覺間中招了吧。

德萊格，不好意思，麻煩你修復一下鎧甲。

『……我知道。不過或許是因為聖槍的效果，修復起來有些棘手。』

真的假的。那把長槍對我來說也太難纏了！

「你的攻擊相當不錯。很強很強。這樣我也得再提升一下力量才行。」

曹操那個傢伙好像很開心……不過我不覺得他的身體可以變得更耐打，只要打中一下應該就有勝算。當然，要是那個傢伙的攻擊紮紮實實打中我，也很有可能一擊致命……

這就是所謂的弱點啊。真是太可怕了，一擊就能扭轉情勢。而且對方還沒變成禁手(balance breaker)。

他還有變強的要素……

正當我苦思如何對付曹操的長槍之時。

「伊莉娜！」

我聽見愛西亞泫然欲泣的叫聲！

「哎呀？你們這邊還在打啊？」

女性的聲音——我轉頭看去，看到貞德……手上抱著渾身是血的伊莉娜。

——伊莉娜。

「哎呀，因為對手是赤龍帝。當然比他們幾個還強囉？」

這是齊格飛的聲音……那個傢伙的六隻手也抱著同樣渾身是血的木場和潔諾薇亞……喂、喂……

「如果是我和赤龍帝打就好了。」

高大的海克力士將某個東西拋到我眼前——是銀髮被鮮血浸濕的羅絲薇瑟。

大……大家……這不是真的吧……？大家都被解決了……？

『咕喔喔喔喔喔！』

此外也聽得見咆哮聲——弗栗多被九尾狐的九條尾巴綑綁，不由得發出痛苦的聲音！

……連匙也……！

曹操拿著長槍敲敲肩膀：

「不好意思，赤龍帝。看來戰鬥已經邁入尾聲。你們很強。真的很強。以惡魔而言很有實力。但是你們的力量還贏不過擁有英雄之力的我們。而且惡魔和墮天使、龍、妖怪，你們這些人類的敵人聯合起來可是相當可怕喔？站在人類的立場可是會感到威脅喔？既然如此只能振作了——人類打倒魔王和龍是天經地義的事。這就是我們英雄派的基本行動原理。不過這對於我和這裡的成員來說，只是目的之一。那麼——格奧爾克。魔法陣的狀況怎麼樣？」

那個操縱霧的傢伙回答曹操的問題：

「只差一點。不過也還不確定偉大之紅是否真的會過來。」

「沒有過來也是種資料。再試別的方法就行了。」

「話雖如此，這次實驗已經費了很大的工夫。我個人很希望可以成功。」

「可以的話我也希望得到好結果。」

……這些傢伙已經忘了我們，開始把注意力轉移到實驗上了。

貞德和齊格飛和海克力士都把我的夥伴拋在一邊，開始和曹操對話。

「各位！」

愛西亞跑到大家身旁，一邊流淚一邊幫大家恢復。

……來這裡之前大家一起許下的誓言浮現腦中。

——京都由我們死守。

老師……我……我還是什麼都辦不到……

我的視線飄向倒在地上的木場。

——如今社長不在，一誠同學就是我們暫時的「國王」了。

木場，雖然你這麼說……但是我什麼都辦不到……

「母親大人！請您醒醒！我是九重！九重在這裡啊！母親大人————！」

九重如此哭喊，向她的母親喊話——但是九尾大人看都沒看她一眼。

——我——我們一定會救出妳的母親！

救什麼啊。我、我們根本什麼都辦不到……！

「潔諾薇亞！伊莉娜！」

愛西亞流著淚持續治療。

……我在幹什麼……為什麼表現得這麼窩囊……即使修復了赤龍帝的鎧甲，曹操他們還是看都不看我一眼……

他們嘴巴說我們很強，但是卻不覺得我們具有能顛覆現狀的威脅吧。一想到這裡，就覺得那麼拚命趕到這裡的我們——

打從一開始，我們對他們來說就是實驗的餘興，只是這種程度的對手……我深深體會到這件事。

我……明明是赤龍帝吧？大家都叫我胸部龍，稱讚我……

——我不甘心…………

我在鎧甲底下顫抖，悔恨的淚水不停流下……我為什麼這麼弱？在緊要關頭老是這樣。

為什麼我的力量總是差了一點……為什麼無論我再怎麼努力，卻還是有那麼多我遙不可及的對手……

這就是我的極限嗎……？為什麼……

我當場跪倒，捶地洩憤。夥伴們都被那些傢伙打敗，面對曹操我也沒有勝算……就連想要救九重的母親……也找不到機會。

救出九尾大人之後逃跑，就連這個最低限度的任務都無法達成，更讓我不甘心……

不，我不想放棄！我不想就此結束！我還能打！

可是……我遠遠不及他們……這讓我不甘心到了極點……我……

『你在哭嗎？』

——有人在我的心中對我說話。這個聲音是——

……埃爾莎？

『沒錯，是我。你為什麼在哭？』

從我的體內對我說話的，是殘留在神器(sacred gear)裡的前輩，埃爾莎。

……我好不甘心……為什麼我這麼弱……在重要時刻總是派不上用場……

『這樣啊，這想必讓你很不甘心吧。不過你忘了嗎？之前墮天使的總督曾經說過——你是可能性的結晶——』

這時阿撒塞勒老師說過的話浮現在我腦中。沒錯，那是在遇見洛基前不久的事。

『——我相信你的可能性。歷代的赤龍帝全都遭到力量吞噬而亡，你的才能或許是歷代最低的，但是藉著女人的胸部達到禁手（balance breaker），又藉著女人的胸部從失控狀態恢復，我認為這樣的你可以說是可能性的結晶。』

……可能性的結晶。

『胸部龍又怎樣！有這種稱號不是很好嗎？已經很久沒有龍族像你這樣得到新的外號囉。即使體能和魔力起比瓦利或是其他的傳說之龍還要差勁，只要從別的方面，用只有你辦得到的方法徹底運用赤龍帝的力量變強就行了。未來你也要靠努力、毅力還有意外性，來找出活路。』

對了，那個時候老師是這麼對我說的。

我要從只屬於我的切入角度，以只屬於我的方法運用赤龍帝的力量……

——因為我是胸部龍！

『沒錯，這樣才像你，現任赤龍帝兼胸部龍。我和貝爾薩德看見的可能性！來，現在正是解放的時刻！解放你的可能性吧！』

錚——————

光芒從我的懷中透出。我掏出來一看，那是閃耀赭紅色光芒的寶玉。

這、這是……

『將那個寶玉高舉向天，呼喚吧！』

呼、呼喚？埃爾莎對訝異的我高聲宣言。

『沒錯，呼喚只屬於你的胸部！』

瞬間——嘩————————！

寶玉變得更加耀眼奪目，亮度足以照亮附近一帶！

「……怎麼了？」

曹操等人也意識到寶玉的光芒，轉頭看了過來！

從寶玉射出的光芒，投影出某種影像。影像逐漸形成人的形狀，一個、兩個，人數不斷增加。

這、這是怎麼了……正當我滿心疑問時，埃爾莎回答：

『那個寶玉在京都這裡輾轉於形形色色的人們之間。那些人形就他們的殘留意念。』

也、也就是說，那些都是因為我而變成色狼的人的殘留意念嗎……？

殘留意念的總數相當多，規模幾乎超過千人！這個寶玉到底在京都引發了多大的色狼作用！我該道歉的對象也太多了！

『胸部……』

『胸、胸部。』

『胸部──』

『好棒的，胸部。』

『了不起的胸部……』

……殘留意念突然開始滿口胸部。喂喂喂！這是某種變態展售會嗎！

「胸部、胸部、胸部、胸部。」

大量殘留意念像是詛咒一般低聲唸著胸部，同時以虛浮的步伐緩緩移動。他們好像擺出某種陣形。

「胸部、胸部、胸部、胸部、胸部、胸部、胸部、胸部、胸部、胸部、胸部、胸部、胸部、胸部、胸部、胸部、胸部、胸部、胸部。」

這也太慘不忍睹了！

眼前的光景異常到我只能這麼形容。口口聲聲說著胸部、胸部的殘留意念──像是要進行什麼儀式似地排成圓形。

「……胸部殭屍？」

曹操在一旁唸唸有詞。對吧！看起來很像殭屍吧！事實上受到寶玉的影響變成色狼的人在揉過胸部之後，被揉胸部的人也會想揉胸部，和殭屍的感染很類似。

殘留意念——胸部殭屍排成圓形之後逐漸融解，變得不成人型，攤在地上。接著圓形開始發光，中央漸漸出現圖樣，變成廣大的魔法陣。

——胸部殭屍變成魔法陣了！

接連目睹衝擊性的發展讓我越來越搞不清楚狀況，這時埃爾莎對我說道：

『準備就緒——呼喚吧。』

呼、呼喚什麼？莫名其妙的事已經多到讓我的思緒快要麻痺了！

『——呼喚只屬於你的胸部啊！』

我的胸部——聽見她這麼說，首先掠過腦海的是紅髮大姊姊——

『快，喊出來吧！召喚(summon)，胸部——！』

從剛才開始情況就已經超越到我完全跟不上，但是看來也只能喊了！

「——召喚(summon)！胸部——！」

嘩——！

魔法陣發出光芒！圖樣當中的文字也是「胸部」，魔法陣裡面甚至還畫出類似胸部的象形文字！

要呼喚出來了嗎！難、難道真的會召喚出我在腦中想的那個人——

眼看著魔法陣中央好像有什麼東西要現身了。在光芒一閃之後，從魔法陣當中現身的是——一頭紅髮的社長！

社、社長————————！

她好像正在換衣服，身上只有內衣褲。大姊姊發現周圍的景緻改變而大吃一驚，環顧四周。她超驚訝的！這也是理所當然的！

「怎、怎麼搞的？這裡是哪裡？本、本丸御殿……？京、京都？哎、哎呀，這不是一誠嗎？你怎麼會在這裡——話說我怎麼會跑到這裡？被、被召喚過來的嗎？咦？咦？」

社長極度不知所措！我也嚇到不知道該說什麼。英雄派的成員也都愣在一旁不知道該如何反應。非常抱歉！因為發生不明就裡的事，我自己也是一片混亂！

正當我感到困惑時，埃爾莎認真地開口：

『——戳吧。』

「咦……？」

我不敢相信自己的耳朵。剛才我好像聽見令人難以置信的話語。

然而埃爾莎又說了一次。

『戳她的胸部吧。』

「要、要戳嗎？」

『沒錯。要戳。就像平常一樣——戳下去。』

「戳下去？不不不，戳了又能怎麼樣！」

這個人在說什麼啊！她真的是歷代最強的女性赤龍帝嗎？我怎麼想都只覺得這個大姊精神錯亂了！

埃爾莎完全不顧驚訝至極的我，繼續說下去：

『想要開啟你的可能性，最後的關鍵就是莉雅絲·吉蒙里的乳頭。那是開關——是開啟名為你的可能性的大門的開關。』

不行。我的腦袋不太對勁。這種發展已經完全超越我的想像。埃爾莎，社長的乳頭並非我的覺醒按鈕啊！

『——不，那確實是覺醒按鈕。你要明白。就近觀察那麼久，我相當肯定。』

過分！太過分了！可是為什麼這麼有說服力！

在我如此心想之時，社長的身體突然發出金色的光輝！

「怎、怎麼了！光芒逐漸包圍我！」

社長好像也因為一連串的驚奇感到相當困惑。然而我的眼前出現極為驚人的景象。

嘩——————……

閃亮☆閃亮☆閃亮☆閃亮☆

——社長的胸部閃爍著神聖的光芒——

埃爾莎……那是……？

『莉雅絲．吉蒙里的胸部接觸到你的可能性，進階到下一個層次。』

下、下一個層次……？

『沒錯，那對胸部已經超越極限。超越開關公主的極限——可以說是進入第二階段。』

不好意思。我完全聽不懂。第二階段是怎樣！無法理解的事已經多到我流淚了！

『戳了之後就會改變。可以達成戲劇性的變化。你體內的「惡魔棋子（evil piece）」的力量只要再加把勁就可以得到解放。所謂的再加把勁就是——』

按鈕——乳頭——

噗嘩！

鼻血噴出來了。我懂了。終於理解了。我就此接受現狀。

我走到社長身邊，將面罩收進頭盔裡，露出微笑。

「……一誠？」

社長歪著頭滿臉懷疑。我對著社長直截了當開口：

「──社長，請讓我戳妳的胸部。」

「──！」

面對我的發言──社長無言以對。

只是她想了一下之後開口：

「我不知道……雖然不太清楚……不過我願意！」

──好厲害。

社長懂了！現在是怎麼樣！這個狀況也太誇張了！我對自己剛才說的話吐嘈，不過這些事都無所謂！

戳吧！沒錯，戳下去就對了！在京都戳下去吧！戳社長的胸部！社長的乳頭──！

要是社長的乳頭被其他人看見了我會很不爽，所以我移到他們看不見的位置，等待社長脫下胸罩。

啪。

解開釦子，豐滿的雙峰出現在我眼前！看見原本熟悉的乳頭產生變化，我嚇了一跳。

──粉紅色的乳暈和乳頭散發桃紅色的光輝。

乳暈閃爍粉紅色的光輝！怎麼會！這、這就是第二階段的現象嗎？好厲害——！不知怎麼回事，我開始覺得把事情想得太複雜好像很蠢了！

感覺光是戳下去就可以得到好處！

原、原來如此，胸部是會發光的東西啊……

我將手甲的手指部分的鎧甲解除，兩隻手指對準乳頭。

我想起來了……變成禁手（balance breaker）當時。當時我也是戳了這對胸部而覺醒的。

現在我又要戳這對胸部來得到新的力量。真是令我感慨萬千。

——太棒了。社長的胸部真是太棒了。我開始覺得無論碰上任何問題，只要靠這對胸部都可以解決。

開關。開關公主！社長也再次進化了！

——或許她會逐漸變成真正的開關公主！

你準備好了吧，德萊格？

『嗚喔喔喔喔喔！嗚哇————啊啊！嗚喔喔喔喔喔！』

……正在大哭特哭。他也只能哭了。抱歉！抱歉了，搭檔！但是我要戳！不戳不行！有些東西就是非戳不可！

「我要上了！」

如此宣言的我噴出鼻血，戳向乳頭。

手指不斷陷入。極致的柔軟、乳頭的觸感、手指逐漸埋進胸部之中的景象，這些全都刺激我的全身，在我的腦中營造無上的快感。

啊啊，社長的胸部棒極了！

「……啊嗯……」

最後是關鍵的嬌喘——————！

錚！

社長的胸部開始發出耀眼的閃光！

「這、這是……！啊、啊啊啊啊啊啊啊！」

驚人的發展讓社長放聲尖叫。

社長的胸部繼續發光，同時逐漸飛到天上，將整個空間照成桃紅色！

太厲害了……社長、社長昇天了！同時胸部還在發光！

我流下眼淚，雙手自然合十。

——喔，胸部啊！

社長飛昇上天之後，隨著光芒一起從這個空間當中消失。魔法陣也同樣消失。

請、請問一下，埃爾莎，社長呢？

『回到原本的地方去了。』

真的假的？她、她只是為了這個被召喚到京都嗎？怎麼會這樣！回家之後我非得下跪向她道歉才行了！

「……剛才那是怎麼回事？」

曹操等人也是一臉茫然，不知該如何看待剛才的現象！我想也是！原本還在想不知道能不能呼喚偉大之紅時，我倒是先召喚社長過來了！

——撲通。

我的心臟用力突然跳動。

——撲通。

再次鼓動。這是——

『來了。那就上吧！』

埃爾莎如此大喊，鎧甲各處的寶玉冒出赭紅色的閃光！我的身體裡……有某種熾熱……又強大的力量……逐漸湧了上來……！

無法抑制！竟然有如此強大的力量沉睡在神器(sacred gear)深處嗎？難道是「霸龍(juggernaut drive)」嗎？

不，不對。我沒有感覺到那種恐懼。反倒是一種未曾感覺過的力量波動。然而又隱約有種懷念的感覺。德萊格，這是——

『是啊，我也感覺到了，搭檔……這讓我回想起懷念的感覺。這是——我最原本的氣焰。並非受到激情所趨，投身「霸」之力的氣焰。也不是詛咒或是負面情感。這是——我還擁有肉體時的氣。純粹只想著要贏過白色的，那個時候的——』

德萊格的語氣聽起來很開心。

我不知道德萊格發生什麼事，只知道赭紅色的氣焰從我的全身上下迸射而出，籠罩著我和周圍——

—○●○—

……回過神來，我身在白色空間裡。

……這是某種現象嗎？我應該在二條城的本丸御殿戰鬥才對。

正當我因為事出突然感到困惑時，有兩個人出現在我的面前。

一個是埃爾莎——還有一個是看起來很紳士的男子。

這裡是赤龍帝的手甲(boosted gear)內部嗎……？我的意識飛到這裡來了？

我仍然無法理解狀況，這時埃爾莎帶著微笑說道：

『你的門已經開啟。這樣你就可以走向不同於「霸龍(juggernaut drive)」的道路。』

埃爾莎……剛才真是多謝妳了。剛才的事實在曲折離奇，因為接連發生太多驚奇，我也有一點憑著衝勁亂來的感覺。

『這樣就可以了。我們也是憑著衝勁在行動——誰叫你追求的東西是胸部呢。』

這、這樣啊。我確實是隨時都在追求胸部沒錯……

『這樣我和貝爾札德也可以安心上路了。』

安心上路……？妳的意思不會是——

『沒錯，我們是以殘留意念的狀態留下，我想也差不多該離開這個神器(sacred gear)得到解脫了。』

……你們要死了嗎？

『我們原本就已經死了。留在這裡的只不過是曾經存在的我們的零碎記憶。連靈魂都稱不上。這樣的狀態很不自然吧？所以我們也想消失了。』

可、可是我還有很多事想問埃爾莎，還需要妳給我很多建議！

埃爾莎對著如此說道的我搖頭：

『你已經不需要我們了——因為我其實對胸部一點興趣也沒有。能夠憑著女性的胸部引發這種規模的異常現象的，也只有你一個了。』

說、說得也是……不好意思，我就是胸部龍……

『只要有德萊格和你的夥伴就沒問題了。去吧，現任赤龍帝。赤龍帝的詛咒雖然還沒有完全解除，但是這個問題早晚可以解決。如果是你的話，一定可以解放除了我和貝爾札德以外的殘留意念。』

埃爾莎……我……感動、感謝、激動在心中交雜，讓我熱淚盈眶。在歷代前輩當中，還有人這麼關心我……

『好啦，我們也該走了。貝爾札德，你最後也跟他說幾句話嘛。』

男子——被譽為歷代最強赤龍帝的貝爾札德對我一笑。還請前輩惠賜卓見。

貝爾札德點了點頭，對著我伸出手，伸出食指：

『——戳刺戳刺，陷陷陷陷，呀啊——』

——

…………一時之間，我完全無法理解他說了什麼……

『他好像也很滿足。好啦，我們走吧，貝爾札德。』

埃爾莎帶著微笑開口。

等、等一下！剛才那就是貝爾札德的臨別贈言嗎！貝爾札德那副滿臉笑容，對於一切都感到心滿意足的表情又是怎樣！

什麼陷陷陷呀啊！說什麼傻話！那不是「胸部龍之歌」的歌詞嗎——！

啊啊，白色的空間和他們兩位一點一點消逝了！不會吧！歷代最強的前輩的臨別贈言就只有那樣嗎！他們兩位都在揮手道別————！

你們就沒有別的話要對後輩說嗎————！

埃爾莎和貝爾札德，兩位都相當滿意我對胸部的熱情，逐漸消失——

這樣啊。我懂了。

能夠成為赤龍帝的人，多半都是怪人——

—○●○—

「反正我也是個變態啦啊啊啊啊！」

我離開那個空間、恢復意識之後立刻開口大吼！

管不了那麼多了————！

「上吧————！赤龍帝的手甲(boosted gear)————！」

籠罩著我整個人的赭紅色閃光反應我的氣勢，解放極大的氣焰，遍及附近一帶！

——力量不斷湧現！

從最底層、從最深處、從神器(sacred gear)裡面——這樣啊，德萊格原本擁有如此強大的力量。力量在名為「霸龍(juggernaut drive)」的失控狀態下和負面情感交雜在一起，才會成為那種危險的威力。

但是現在不同。我一點也沒有感覺到負面情感。意識也沒有遭到吞沒！

『是啊，沒錯。我終於想起來了。我怎麼會忘記呢……？我懂了，是神吧。封印了我和阿爾比恩的神，將天龍原本的力量──』

德萊格如此說道。聽他的語氣好像察覺什麼……不過晚點再說吧。

首先我要揍飛眼前那些傢伙！

『說得對。讓他們見識一下我久未顯現的力量吧！』

「上吧！盡情發揮！赤龍帝的力量！我們的力量！還有吉蒙里眷屬的潛力──！」

『Desire!』

『Diabolos!』

『Determination!』

『Dragon!』

『Disaster!』

『Desecration!』

『Discharge!』

寶玉發出響亮的多重語音，有如跳針一般反覆『D』！

『DDDDDDDDDDDDDDDDDDDDDDDDDDDDDDDDDDDDDDDD!!!!!!!!』

——新的力量的使用方式從神器(sacred gear)流進我的腦袋。

……哈哈哈，這個厲害。

別西卜陛下，您調整了「惡魔棋子(evil piece)」，而赤龍帝的力量吸收棋子的特性——可能性。我的、德萊格的、我們今後的可能性——！

受到力量解放的影響，「皇后(queen)」的變化暫時解除。我必須重新升變！但是我已經不需要愛西亞的確認！

我高聲大喊！

「變換模式！『龍牙主教(welsh blaster bishop)』！」

我升變「主教(bishop)」！當然不是普通的「主教(bishop)」

我原地站穩腳步，赭紅色的氣焰便在我的肩膀到背後凝聚成某種形體。

終於形成背後的背包，以及裝備在雙肩的大口徑加農砲！

嗡————……

隨著一陣鳴動，赤龍帝的力量聚集到加農砲的砲口。

……我的魔力隨著升變「主教(bishop)」的影響獲得提升，再加上新覺醒的力量，一股無法估計的龐大氣焰累積在背包中，逐漸形成能量極大的攻擊！

「那招……相當不妙……」

曹操低聲開口。看來他察覺到聚集在加農砲上的力量了。

沒錯。這招如果直接命中，足以轟飛一切喔？我在凝聚力量時可是這麼想的！

——木場、潔諾薇亞、伊莉娜、羅絲薇瑟、匙。

你們竟敢那樣對待我重要的夥伴！

而且還無視我們的存在！剛才的悔恨！剛才我對於自己的無力感！

現在我要全部發洩在你們身上！

加農砲累積能量——

『BoostBoostBoostBoostBoostBoostBoostBoostBoostBoostBoostBoostBoostBoostBoostBoostBoostBoostBoostBoostBoostBoostBoostBoostBoost!!』

「轟飛他們——————！神龍爆擊砲——————！」

唰——————————！

肩上的加農砲發射極大的砲擊！發射時的後座力使得站穩腳步的我也被往後推……！光是奮力撐住發射的衝擊，身體就快到達極限！

巨大的能量朝著英雄派激射而出！

「有意思，就由我來接招吧，傳說之龍！」

海克力士擋在其他人前方，準備接下我的一擊——

「別接！快躲開！」

曹操如此大喊，以長槍槍鐏將海克力士撞離原位！其他成員也迅速閃避我的攻擊。

加農砲攻擊遠遠飛到那些傢伙的後方──

隆──────────────────！

隨著震盪整個空間的大爆炸，遠方的街景籠罩在巨大的氣焰之中！

……能量擴散開來，整個城鎮都在強烈的光芒裡！

光芒平息之後──原地什麼都不剩！砲擊命中的地方景象完全消失，好像連遊戲領域也受到損傷，空間開始扭曲！

「……他轟掉了整個城鎮！喂！再讓他多發射幾次，這個空間就撐不住了！」

海克力士好像總算理解我的砲擊有多大的威力，不禁驚叫出聲。

「連擬似空間的城鎮都扭曲了。這個領域的構造明明相當堅固……好驚人的威力。」

齊格飛也收起笑容，瞇起眼睛。

嘿嘿，總之先報一箭之仇。不過──事情還沒結束！

「曹操────────！」

我喊出那個傢伙的名字，分解背上的加農砲！分離的加農砲化為淡淡光芒煙消雲散。

下一招！攻勢現在才要開始！

我在體內變更「惡魔棋子（evil piece）」的系統！沒錯——這次是速度！任何人也阻止不了的速度！

想像木場的模樣！擴張「騎士（knight）」的意象！

「變換模式！『龍星騎士（welsh sonic boost knight）』！」

啪！

我拍動龍之翼，朝著曹操飛去！背後的噴射口數量倍增，噴出聲勢浩大的魔力火焰！我一邊憾動空氣一邊畫過天空飛去！

還沒——這點速度還不夠！我必須發揮那個傢伙無法完全掌握的速度！提升至音速、高速、神速！

「——裝甲分離！」

我如此一喊，赤龍帝的鎧甲（boosted gear scale mail）的各處便開始分離！軀幹、手臂、腿部、頭部，厚重的鎧甲紛紛脫離！

我捨棄多餘的部分，只靠最低限度的裝甲飛行！赤龍帝的鎧甲（boosted gear scale mail）變成精簡的全身鎧甲（plate armor）。這種時候乾脆捨棄所有的防禦力！鎧甲的形狀也產生變化，成為更適合高速的流線造型。

我要的是神速！無法掌握的速度！

儘管作用在身上的慣性讓我差點沒吐出來，我還是發揮神速在上空飛行！

這就是木場和瓦利他們眼中的世界——

老實說……我的身體還無法適應這種速度……但是——行得通！

「只是要衝撞你應該不成問題吧————！」

『BoostBoostBoostBoostBoostBoostBoostBoostBoostBoostBoostBoostBoostBoostBoostBoostBoostBoostBoostBoostBoostBoostBoostBoost!!』

我對準曹操，從正面衝過去！

「——好快！」

曹操舉槍架在身前迎擊！很好！不要小手段的正面對決！

簡單易懂，相當適合我！

咚——！

我從正面以神速朝曹操撞去！

「咳！」

曹操有點吐了。

我在抓住曹操的狀態下繼續飛行！

「——終於抓到你了。這樣你就沒話說了吧？」

聽到我的話，他高興地笑道：

「——真是夠了，你還真的從正面衝過來啊！不過那麼薄的裝甲擋不住我的長槍吧？難得你才剛強化，不過這樣就結束了！」

沒錯，我現在的鎧甲薄弱到被你的長槍一刺就會完蛋。大概在接觸的瞬間就會消失吧。

——不過這種事我很清楚！我清楚得很！

我在體內再次變更「惡魔棋子(evil piece)」的系統！

「變換模式！『龍剛城堡(welsh dragonic rook)』！」

這次我需要的不是速度，而是壓倒性的攻擊力和防禦力。赭紅色的氣焰包圍著我，逐漸修復裝甲剛才分離的部分。但是氣焰的具體化並非僅止於此，還將鎧甲變得更厚重、結實。

我的雙手也聚集質量龐大的龍之氣焰，將手甲加粗到平常的兩倍——不，是五、六倍的極粗尺寸！

變換模式之後，神速戛然而止，我和曹操像斷了線的風箏在空中翻滾。曹操的長槍對準我，以光之刃朝我襲來！

喀咻！

……我以右手厚實的手甲代替盾牌，擋下這一刺。聖槍插進手甲裡。然而——長槍並未貫穿我的手甲，刺到一半就停了下來！

「——還得再提升威力才足以破壞鎧甲嗎！這個威力已經足以瞬間殺死上級惡魔了！」

我對準如此大叫的曹操，舉起變厚變大的左拳。拳頭完美地瞄準他。絕對不會揮空。

上吧，德萊格！上吧，各位！

「別小看胸部龍，你這個混帳東西————！」

『BoostBoostBoostBoostBoostBoostBoostBoostBoostBoostBoostBoostBoostBoostBoostBoostBoostBoostBoostBoostBoostBoost!!』

我朝曹操揮出極大的拳頭！——曹操瞬間從手甲拔出長槍當成盾牌——

「該死————！」

砰！

拳頭擊中的瞬間，手甲的手肘部分新增的活塞向前撞擊！隨著龐大的氣焰噴出，拳頭的力道也猛烈增強！

我在空中朝著地面，狠狠揍了曹操一拳！

咚————……！

曹操挨了這拳迅速墜落，狠狠撞在地面！

——在墜落之際，吃了我一拳的曹操依然在笑。

曹操落地的衝擊使得地面為之龜裂，揚起大量土沙塵埃。

結束空中的近身戰，我帶著厚重的裝甲降落地面。

……沙——

裝甲因新模式而加厚的部分化為煙塵，隨風而逝。

「……呼、呼……」

我一面喘氣一面原地跪倒……這種疲勞感真不得了。

——最重要的是體力消耗相當激烈。

照這個樣子看來，鎧甲的時間限制再過不久就會耗盡。

我得到的新能力，就是不需要經過「國王（king）」的確認也能憑著自己的意念任意使「惡魔棋子（evil piece）」升變。同時配合得到解放的赤龍帝之力獲得驚人的魔力、速度、攻防能力。

升格為「主教（bishop）」時著重魔力，能夠發射神龍彈的超強化版。

「騎士（knight）」則是分離多餘的裝甲，使鎧甲變成高速模式。然後再加上新覺醒的赤龍帝之力，速度可以得到飛越性的提升。

「城堡（rook）」則是和「騎士（knight）」相反，增加裝甲，著重在攻擊和防禦。相對的就完全無法發揮速度。

「騎士（knight）」、「城堡（rook）」、「主教（bishop）」，能夠任意使用這些力量的三位一體能力。而且三者的特性都會強化到極限。不過相反的，其他能力則會減弱。

……在使用這種力量時，我還無法變成「皇后（queen）」。一旦升變要不是控制不了力量，就是我本身支撐不了使得力量擴散。

別西卜陛下給我的「鑰匙」。使得赤龍帝——德萊格原本擁有的力量得以復甦。再加上當時陛下對我的「惡魔棋子（evil piece）」進行的調整，讓我得到新的力量。

這就是我的可能性獲得解放的狀態……大門已經開啟。接下來該做的只有不斷邁進。

不過體力也消耗得太過頭了……一直用這招的話，應該沒兩下就見底了吧？

『搭檔。解放這股力量之後，變身為禁手（balance breaker）所需的時間又變得更短，禁手（balance breaker）狀態的時間限制也更長了。但是新的力量消耗的能量實在過於劇烈，遠遠超過加成。尤其是你又連續變換形態，或許是因為這樣，更是助長耗損。不過在你熟練之後，我想消耗量應該會變少吧。』

這樣啊，德萊格。也就是說還有修煉的空間囉。不過才剛覺醒就能有這種表現，應該算是不錯了吧？

話說這招在排名遊戲當中應該不能用吧。不需要「國王（king）」就可以強制升變。而且別西卜陛下也說過類似的話。

算了，反正用在實戰便不成問題，有機會我就要大用特用。

我以緩慢的動作好不容易站起來——卻看見曹操也在起身。

那個傢伙……正面挨了我一拳還站得起來嗎……？不對，他在千鈞一髮之際以槍為盾擋住攻擊，大概是因為這樣才能撐住……

曹操從他撞擊地面形成的隕石坑當中爬出來。

血從他的口鼻流出來。他擦掉臉上的血，一邊活動脖子一邊說道：

「真不愧是赤龍帝，剛才是我失禮了。看來你達成驚人的變化了。居然可以在這種緊要關頭得到如此強大的力量。要不是用長槍擋下，我已經死了。」

你快去死吧！可惡！不愧是最強的神滅具（longinus）！他本身是血肉之軀，要是直接中招我們就贏了！

「超越『惡魔棋子（evil piece）』的規則，只屬於你的新特性啊……簡直就是Illegal move。」

……？這個沒聽過的詞彙讓我不禁偏頭。

「Illegal move？」

面對我的疑問，曹操回答：

「這是西洋棋用語。意思是違規的棋步。因為你的攻擊在我看來，就像是某種違反『惡魔棋子（evil piece）』系統規則的棋步。」

違規的棋步啊。確實是這樣。這在遊戲當中大概不能用吧。

『我倒覺得像是「Triaina」。』

德萊格喃喃自語。Triaina？那是什麼意思？

『Triaina，就是希臘的海神波賽頓拿的三叉戟。Trident這個稱呼可能比較廣為人知吧。剛才那波切換三種棋子的連續攻擊，我覺得有如三叉戟一樣銳利。』

Illegal move……triaina……

唸起來還不錯。就拿來用吧。

「Illegal move和triaina啊。相當不錯。那麼這招就命名為『赤龍帝的三叉升變（illegal move triaina）』好了。」

取了頗像那麼回事的名字。等到能夠變成「皇后（queen）」時，再另外想個名字吧。

「太可怕了。直接攻擊力差不多已經可比不是『霸龍（juggernaut drive）』的瓦利了吧？不對，他一樣在日益精進，現在不知道有多強……」

多謝你的評價。我自己倒是覺得跟他差得遠了。那個傢伙真的是天才。

「而且那招消耗的體力和氣焰多得出乎預料。看來你想靈活運用還得努力。不，即使能夠靈活運用，那種消耗量還是非比尋常……我看你的禁手（balance breaker）狀態大概撐不到十分鐘吧。」

……他應該答對了。又被這個傢伙分析出來了。不過關於正確的剩餘時間限制，我可不會告訴他。

我會奮戰到最後一秒。

我吐出一口氣，對曹操說道：

「你實在太難搞了。原本以為你有點瞧不起我們，卻又開始冷靜地分析起來。」

「不，哪怕只是片刻，我也不該愚蠢到看輕你。真的很抱歉。並未沉溺在強大的力量當中，試圖深究赤龍帝的內涵，這麼做的你果然是強敵。我得反省才行。」

曹操拿著長槍敲敲肩膀，繼續說道：

「——太有趣了。自從上次和瓦利私下一戰之後，好久沒有打得這麼興奮了。和傳說之龍戰鬥果然很棒。這大概也證明我打從心底是英雄的子孫吧。」

……說什麼有趣啊。這群戰鬥狂真令人厭煩。真不知道我何年何月才能建立後宮，過著和平的日子……

「你打算就這樣和所有勢力展開激戰嗎？」

面對我的問題，曹操搖頭以對：

「開什麼玩笑。這樣的戰力不適合長期戰。即使單一戰力很強，但是再怎麼樣也贏不過各個勢力聯合起來的兵力。或許可以造成你們的嚴重損傷，但是我們也會全軍覆沒。還是單點突破的突襲比較有效率。所以待在這個組織裡才對我們有利。」

……他們之所以待在奧菲斯的陣營，還有這層因素啊。真是個老奸巨滑的傢伙。我想應該還有其他理由吧。

啪滋！啪滋！

震盪空間的聲響。我聽過這個——是空間裂開的聲音。

我仰望聲音傳來的方向——空間出現裂痕！

這、這是……！我在腦中回想起那隻從空間的裂縫當中現身的紅色巨龍！

「看來已經開始了。」

曹操笑得很開心。這、這也就是說，偉大之紅還是被利用了九尾大人的魔法陣呼喚過來了嗎……？

「真龍或許是被那個魔法陣，還有你龐大的力量喚來的。」

曹操諷刺地開口。

……什麼嘛，我的強化還有這種影響啊！

「格奧爾克，開始準備召喚『食龍者（dragon eater）』——」

說到這裡，曹操暫時住口。他瞇著眼睛看向次元裂縫，從表情看得出他有所疑問。

「……不。那不是偉大之紅？那是……還有這股鬥氣……！」

喔喔喔喔——

從空間的裂縫當中現身的——是全長十幾公尺，外型細長的東方龍。

那不是偉大之紅！那、那條龍是什麼！

他散發綠色氣焰，飛舞在夜空之中的姿態，看起來相當夢幻。

曹操叫道：

「——是西海龍童（Mischievous Dragon）玉龍嗎！」

玉龍──？我、我記得他是五大龍王之一！

曹操因為東方龍的出現感到驚訝，但是他的視線並非注視著龍，反而看向龍的背部。受到他的影響，我也跟著看去。

龍的背上──有一個看起來像是人影的小東西。啊，人影從龍的背上摔下來了。不，或許是跳下來的？從那麼高的地方跳下來！

那個小小的人影不把高度當成一回事，輕盈地降落地面。

「巨大的『妖』之氣流，加上『霸』之氣流。兩股氣流使得瀰漫在這座都城的妖異之氣不住波動。」

小小的人影以老年男子的聲音開口，一步一步慢慢走來。好小，體型真的很小。是小孩子嗎……？身高只有幼稚園大班的幼兒那麼高。

金光閃閃的體毛！出現在我們面前的，是個身穿僧袍……像猴子又像人的傢伙……臉上滿是皺紋。皮膚是黑色的……是妖怪？猴子妖怪嗎？

手拿狀似長棍的兵器。脖子上的佛珠每一顆都很大，而且還帶著一副設計感很前衛的太陽眼鏡！嘴抽細長菸管，露出無所畏懼的笑容：

「喔──好久不見啦，拿聖槍的。當年的臭小子也長大了呢──」

猴子老爺爺對著曹操開口，曹操則是瞇著眼睛笑道：

「哎呀哎呀，鬥戰勝佛大人，沒想到您會過來這裡。聽說您在各地妨礙我們啊。」

「小子，你們的惡作劇鬧得太過頭啦。難得老孫擔任天帝的使者想和九尾公主會談，你們居然綁架了她。真是的，既有受人奉為關帝而神格化的英雄，也有子孫受到異形業界荼毒。俗話說『霸業不過一代』真是有道理。對吧，曹操。」

「說我是毒啊。能夠被您這麼說，我也可以大大方方引以為傲了。」

……曹操看來是帶著敬畏之意應付那個老爺爺。英雄派的那些傢伙看著猴子老爺爺的眼神也很僵硬耶？不知道他們是因為很緊張，還是感受到沉重的壓力。

話說回來，天帝的……使者？天帝是指帝釋天嗎？那麼九尾大人原本預定的會談對象就是這位猴子老爺爺囉？既然是擔任使者，一定是隻了不起的猴子吧？

「那個像猴子一樣的……老爺爺？是誰啊……」

我說出自己的疑問。

「……恐怕是孫悟空。而且是初代。」

這時，結束治療的木場走到我身邊開口。等等，他、他、他、他、他說什麼──！

木場的發言讓我驚訝不已！

「初、初、初、初代孫悟空──！那、那個猴子老爺爺就是西遊記當中有名的……！」

真的假的！太強了吧！對、對了，難道老師所說的強力幫手就是——

猴子老爺爺好像察覺到我的視線，揚起滿是皺紋的嘴角笑道：

「赤龍帝小弟，你很努力啊。那股龍之波動相當不錯。但是你不需要再硬撐囉？老孫來當你的幫手。剩下的包在老頭子身上——玉龍，九尾交給你了。」

猴子老爺爺——初代孫悟空向飛舞在空中的龍下達指示。那條龍——玉龍大聲說出他的不滿：

「喂喂，才剛到就這樣使喚我啊，臭老頭！光是要進到這裡就已經很累了耶！話說白龍皇那個小魔女同伴也幫了我一把就是了！喔哇！那是弗栗多耶！喂喂喂，在跟狐狸戰鬥的是弗栗多！多久沒見了啊？」

……那條龍也太興奮了！

『一點也沒變。』

是、是嗎，德萊格……？

初代抽著菸管說道：

「晚一點再讓你飽餐一頓京都料理。這樣總行了吧。」

「○你的臭老頭！等一下一定要讓我吃到飽喔！喂喂喂！別小看本龍王喔！狐狸大姊！我可是很強的！」

滿嘴怨言的玉龍跑去對付九尾大人了！

「好了好了，雖然對紅色的不太好意思，不過老孫還得趕快教訓一下曹操的子孫。」

初代——走向曹操他們。齊格飛展開六隻手衝向初代！

「齊格！別和他打！憑你——」

曹操試圖制止，但是齊格飛仍然喜形於色地上前！

「猴子老大！既然是那位孫悟空，想必值得一戰——」

「——伸長吧，棒子。」

咚！

初代輕聲開口，手上的棍棒便以驚人的速度伸長，輕而易舉地撞開齊格飛！

「——！」

隆——————！

一棒就把齊格飛打進瓦礫堆裡！

好、好強啊——————！那、那個猴子老爺爺是怎麼樣！一棒就解決那個齊格飛！他可是木場和拿著新杜蘭朵的潔諾薇亞兩個人一起上也打不贏的對手！

「對老孫來說不值得一戰。年輕魔劍士，你的下盤太不穩了。從跑步開始重新鍛鍊吧。」

初代往瓦礫堆瞥了一眼。這時玉龍放聲慘叫：

「嗚喔喔喔喔！喂，臭老頭！這隻狐狸很強耶————！」

玉龍被九條尾巴纏住了！

他、他陷入苦戰了！話說那個龍王還真的很激動。

「再加把勁吧，你可是龍王。」

初代一邊嘆氣一邊開口。

「我在龍王當中也是最年輕的！只是後生晚輩！」

「虧你還敢說。一個後生晚輩卻在大戰結束之後立刻退休了。靠你的年輕活力度過這個危機吧。」

「…………知道了，我加油就是了！」

啊，這樣就好啊。總覺得我好像看見一對好搭檔。

——這時使用霧的魔法師解除抓住九尾大人的魔法陣，朝初代伸手——這表示對付那個猴子老爺爺比召喚偉大之紅要來得重要嗎！

「——我來束縛他。霧啊！」

霧氣聚集起來包圍初代——

「——因循天道，以雷鳴綑縛於龍顎。匍匐於地吧。」

咚。

初代低聲唸咒，手拿棍棒在地面敲了一下，霧氣便令人難以置信地消失了！光是這樣就突破那陣霧！

「你對神器（sacred gear）還不夠專精。要不要學學紅龍（welsh dragon）試著對話啊？」

啊，他在誇獎我。好像有點高興！

「——！輕而易舉就打散我的霧……！打散神滅具（longinus）的力量嗎！」

那個魔法師也大吃一驚。說得也是，神滅具（longinus）當中屬於上位的能力居然完全無效！

「長槍啊！」

咻——————！

曹操逮到機會伸長聖槍的槍尖，試圖對初代發動奇襲——

初代只用一根手指接住長槍！不、不會吧！這樣就能擋下那把槍！

「……滿銳利的。不過也僅止於此。你還太年輕了。老孫用手指就能擋下的程度，無法消滅其他神佛喔——你和那個用霧的都一樣，沒拿出真本事就想對付老孫，少瞧不起人了。」

初代的發言讓曹操的笑容變得僵硬：

「……原來如此，看來您依然是個怪物……聽說眾所皆知的強悍是年輕時候的事，不知現在又是如何呢？」

面對曹操的問題，初代只是以無所畏懼的態度聳肩。

齊格飛從瓦礫堆中站起來，對著曹操說道：

「曹操，到此為止吧。有名的初代孫悟空曾經數度阻止『禍之團（Khaos Brigade）』的恐怖攻擊。再胡亂發動攻擊只會讓好不容易得到的人才受傷。我也太天真了——他很強。」

曹操聞言也放下長槍：

「該撤退了。誤判該收手的時機可是會受重傷的。」

啪！

英雄派成員迅速聚集在一起，那個使用霧的傢伙也在他們腳邊展開巨大的魔法陣。那是轉移魔法陣！他們想逃嗎！曹操臨走之前放話：

「到此為止。初代、吉蒙里眷屬、赤龍帝，後會有期。」

等一下等一下等一下等一下！——我可不會放過你！

居然在我的、我們的教學旅行當中搞出這種名堂！而且還連累九重的母親！

我凝聚氣焰，在左手手甲製造加農砲，並且將僅存的力量都裝填進這門加農砲裡，開始凝聚這次攻擊！

嗡——……

隨著沉穩的鳴動，能量儲存在手甲的加農砲中。不是巨大的一擊也無所謂，只要是能夠命中那個傢伙的刁鑽砲擊就好！

看見我的動作，初代笑道：

「小兄弟，你想搶老孫的工作啊？也好。你就教訓一下那個臭小子吧。老頭子幫你一把，讓你暫時能夠發揮力量吧。」

初代拿著棍子「叩。」一聲輕敲我的鎧甲。

——氣焰隨即從我全身上下噴出！這是仙術的應用嗎？

還有這麼多氣焰留在——不，是沉睡在我的體內嗎？

謝謝你，猴子老爺爺！這樣我就可以發射一發強烈的氣焰了！

我將加農砲對準曹操：

「——你以為可以就這樣平安離開嗎？收下京都的紀念品吧！」

啪咻————————！

手甲的加農砲發射經過濃縮的魔力彈！

「囂張的傢伙！」

海克力士和貞德上前準備幫曹操擋住攻擊——就是現在！我在腦中想像瑟傑克斯陛下的魔力。

——如果能夠像那樣自由自在移動已經發射的魔力彈！

不，無法像那樣靈活也無所謂！只要能夠改變軌道就行了！

「轉彎吧——————！」

我如此大喊，解放腦中的意象！剎那間，加農砲射出的魔力彈在即將擊中以身為盾的海克力士他們之際改變軌道，飛過他們！

啪咻！

或許是因為出其不意的一招，我的魔力彈命中曹操的臉！

「唔…………」

曹操伸手摀著臉，臉上冒出赭紅色的煙！

轉彎了！我的攻擊轉彎了！雖然還有改良的餘地，但是只要我願意，想要操控發射出去的神龍彈進行攻擊也不是辦不到吧？和瑟傑克斯陛下那一戰並非白費力氣！

曹操轉頭面對我，右眼冒出鮮血！

——臉上染成一片紅。

那傢伙摀著右眼，表情因狂喜而扭曲！

「……我的眼睛……赤龍帝——————！」

他舉起槍，開始唸出某種具有力量的話語——像是在詠唱咒語！

「——長槍啊！射穿神的真正聖槍啊！吸取沉眠在我體內的霸王之理想，挖開祝福與毀滅的——」

齊格飛出手按住曹操的嘴和身體！

「曹操！不可以詠唱！『黃昏聖槍(true longinus)』的禁手(balance breaker)——不，現在還不是展現『霸輝(truth idea)』的時候！」

他的聲音讓曹操收斂激情，深深吐出一口氣。齊格飛接著說道：

「——撤退吧。『魔獸創造(annihilation maker)』——李奧納多也差不多到達極限了。無論如何外面的成員也沒辦法爭取到更多時間了。關於各方面的調整，目前得到的資料也很足夠，算是得到很好的教訓。」

齊格飛瞪了初代一眼。看來剛才的攻擊讓他懷恨在心。

曹操以左眼看著我，視線相當銳利……好凌厲的眼神。

「我知道。初代大人，還有赤龍帝——不，兵藤一誠。我們就此撤退了。真是的，我也沒資格嘲笑瓦利。現在的狀況和他一模一樣。不知為何，你總是可以在緊要關頭讓我們熱血沸騰。」

他是指我們和瓦利在駒王學園的那一戰嗎？

魔法陣的光芒變得更加強烈。在即將消失之際，曹操對我說道：

「——兵藤一誠，你要變得更強。變得比瓦利還強。到時候我會讓你見識這把長槍真正的力量。」

只留下這麼一句話，他們——英雄派便從這個空間當中消失。

……他們消失的瞬間，我的疲勞一舉湧現。光是維持裝備鎧甲的狀態就已經用盡全力了。

英雄派啊。曹操……最強的神滅具（longinus）……全是些我搞不懂的事。

但是只有一點我敢肯定。

英雄派，尤其是那個男人，不但強悍——更帶給我毛骨悚然的感覺。

英雄派逃走之後，剩下我們和前來助陣的初代孫悟空以及玉龍。還有九尾大人。

「啊——累死我了。要不是有弗栗多在場一定更吃力吧……」

玉龍降落到地面，大口喘氣。

九尾大人在玉龍和恢復狀況的匙——弗栗多的幫忙之下，總算停止動作。匙已經變回原本的人類型態，累昏的他正在接受艾西亞的治療。辛苦你了，匙。

然而九尾大人並未恢復人類型態，眼神看起來仍然處於洗腦狀態。

「母親大人！母親大人！」

「…………」

九重哭著呼喚八坂……卻是完全沒有反應。

「好了，這下子該怎麼辦呢。要老孫用仙術來解除邪氣也不是不行，只是在這裡進行得稍微花點時間……」

初代也邊抽菸管，邊思考什麼——不過他立刻像是想到什麼，看著我說道：

「紅色小弟，你有可以聽見女人心聲的能力吧？」

他怎麼知道……？我的能力有那麼出名嗎？啊，如果看過排名遊戲的影像，會知道也不奇怪就是了。

「是、是的，我是有這麼一招。」

「這樣啊，那麼老孫來幫你一把，你就對那名小妹妹和九重公主施展那個術法如何？」

要我對她們兩個施展乳語翻譯（pilingual）？難道是想探查她們的心聲？

雖然不是很懂，我還是驅使僅存的魔力，準備製造神祕的乳空間。

我將力量送進腦袋，使妄想膨脹到最大，解放我的能力！

「去吧————！『乳語翻譯（pilingual）』！」

我對著九重和八坂展開術式！同時鎧甲也解除了。這下子我也差不多耗盡體力！

確認我出招之後，初代轉動手上的棒子敲打地面。瞬間——冒出一個新的奇妙空間，蓋過乳語翻譯（pilingual）的空間，把我們包在裡面。

周遭的風景看起來好像在蠕動……是我的視野變模糊了？

「這招是紅色小弟的術法應用形態，可以直接對內心喊話。小妹妹，你試著從心裡對媽媽說說話吧。」

初代對九重如此說道。九重點了點頭，閉上眼睛。我的心裡聽得到聲音。

『……母親大人……母親大人。您聽得見嗎，母親大人……』

九重的聲音在我的心中迴響。

『母親大人……請您變回原來的樣子吧……求求您，求求您……』

然而八坂還是沒有任何反應。

九重如泣如訴地說道：

『……我不會再任性了……也會乖乖吃不喜歡的魚。也不會在深夜跑到京都了……所以……求求您、求求您，變回平常的母親大人吧……請您……原諒九重……母親大人……』

……她的哀求聲聽起來悲痛欲絕。九重一次又一次道歉，對八坂訴說。

就在這個時候——

『…………九、重……』

雖然很微弱，但是我確實聽見另一個聲音！九重抬起頭，再次在心中大喊。

『母親大人！九重在這裡！再唱歌給我聽吧！再教我跳舞吧！九重、九重會當個乖孩子！我想再次和母親大人……一起行遍京都！一起走在這座都城……！』

嘩────

一陣柔和的光芒籠罩九重，八坂身上也籠罩著淡淡的光。九尾大人的身體一面發光，一面慢慢地縮小了。

在光芒平息之後，出現變回人類體型的八坂。

成功了！變回來了！我不禁擺出勝利姿勢！

「……這裡是？」

八坂搖搖晃晃，似乎有些虛弱，不過恍惚的意識看起來正在逐漸恢復！

九重跑到八坂身邊，撲進她懷裡哭喊：

「母親大人────！母親大人────！」

八坂溫柔地摟著九重，摸摸她的頭：

「……怎麼啦，九重。都這麼大了，怎麼還是這麼愛哭。」

可惡……如此感動的場面都害我熱淚盈眶了。

「嗚嗚……太好了，九重……」

仔細一看，結束大家的治療的愛西亞也哭成淚人兒。

啊，真是令人感動的一幕。太好了，九重！

看見這一幕，初代開口進行總結。

「總而言之，事情都解決啦。」

就是這樣，九尾大人援救作戰就在發生各種狀況之後落幕——

Maven.

結束激戰的我們從京都的擬似空間回到原本的世界，目前人在投宿的飯店樓頂。

老師把手放在我的肩上：

「幹得好，一誠。你去休息吧。醫務小組！過來處理吉蒙里眷屬和伊莉娜還有匙！傷勢可能沒什麼問題，但是魔力和體力消耗得很嚴重！」

老師如此指示其他工作人員。

就聽從老師的好意吧。老實說……我好累。今晚已經無法再變身禁手（balance breaker）了……

作戰因英雄派撤退結束。包圍京都的聯軍也在對付英雄派成員和「魔獸創造（annihilation maker）」製造的反制怪獸，結束激戰之後，開始進行戰後處理。

居然能夠從包圍京都的聯軍手中突破包圍網逃走……可見英雄派有多麼棘手。

聽說是和聯軍交戰的「魔獸創造（annihilation maker）」少年創造出大量的反制怪獸做為誘餌，為他們製造逃亡的機會。

我們回到這裡之後全都倒地不起。我是還站得起來，卻也搖搖晃晃了。正所謂精疲力竭……

愛西亞也因為治療夥伴以及戰鬥的緊張感倍感疲憊，靠在我身上睡著了。

大家都已經治療過了，不過還是姑且請醫務小組帶走。

「抱歉，一誠同學。雖然這樣有點沒用，我還是先告退了。」

木場對我表示歉意，我也向他舉手致意。辛苦你了。

「小元！」

「元士郎！」

西迪眷屬都陪著躺在擔架上被抬走的匙離開。她們的眼中泛淚，一臉擔心的模樣。

匙的龍王變化使他極度耗弱，在事情全都結束之後便昏了過去。雖然沒有我從內心對他喊話阻止失控，他還是設法發揮自己的力量。可見那個傢伙也在成長。話說匙，你的夥伴們也很愛你。

之後社長也打了電話過來，我告訴她事情的始末。她還說等我從京都回去之後，有些事要好好問我。

我……會不會沒命啊？

正當我滿心鬱悶時，猴子老爺爺——初代孫悟空來到我身邊。

「紅色小弟。」

「啊，是！」

「你好像獨力嘗試想要得到不同於『霸』之力的強大力量，這樣很好。『霸龍（juggernaut drive）』不是什麼好東西。那只是失控的力量。是名符其實的暴力。用了那個會死。你有珍視的女人吧？既然都叫胸部龍了。」

他、他在誇獎我！能得到西遊記的主角誇獎，真是無上的光榮！話說扯到女人了！初代指了指愛西亞。

「這個嘛，哈哈哈哈。這麼說也沒錯。」

「既然如此，就別讓她哭。你是會因為夢想和女人變強的類型。而且赤龍帝和白龍皇原本就是力量的結晶。不需要拘泥在『霸龍（juggernaut drive）』上也可以要多強有多強——不過，好像還是有點危險。」

初代看著我的臉如此說道。

「？」

我無法察知初代真正的意思。他拿起菸管抽了一口，然後笑道：

「還有老孫家裡的蠢蛋好像給你添麻煩了，先跟你道個歉。」

啊，他是說美猴吧。嗯，他給我們添了很大的麻煩。他還叫我們的社長「開關公主」，惹得她暴跳如雷。

初代摸摸我的頭：

「……情感將喚來『霸』。至少記住這件事。你最後給曹操的那一擊，是很好的攻擊。你就朝那個方向精益求精吧。想像和努力，這兩件事絕對懈怠不得——好了，等老孫辦完天帝交代的事，就去找那個蠢蛋吧。那個傢伙，居然和白龍皇到處搗蛋。就讓老孫兩個一起修理修理——那麼你多保重啦。玉龍，找九尾去吧。」

「好啦，臭老頭。我走囉，德萊格！」

如此說道的初代和玉龍離開了。

……留在原處的我舉起發抖的手，一下握緊一下放鬆。手痲了……這證明我累透了。

——組合沉睡在神器（sacred gear）中的力量和「惡魔棋子（evil piece）」，我的新能力。

還有很多改進的空間。我又要從頭開始修煉。

……塞拉歐格、瓦利……還有曹操。

我不會輸給你們的。我一定要變強。變得更強。

我相信夢想總有一天會實現——

埃爾莎、貝爾札德，雖然告別的方式很差勁，不過請你們在遙遠的地方看著我。

身為赤龍帝、身為胸部龍，我會盡己所能拚到極限。

在京都的最後一個晚上，我仰望夜空，下定新的決心。

New Life.

教學旅行的最後一天——

大概是因為前一天晚上經歷激戰，我們吉蒙里眷屬即使睡了一覺還是無法完全消除疲勞，只能拖著疲憊至極的身體，進行最後一天的購買土產行程。

……我們還氣喘吁吁地爬了一趟京都塔。

買好土產，也到了離開京都的時刻。

九重和八坂來到京都車站的新幹線月台為我們送行。

「赤龍帝。」

九重牽著八坂的手，帶著笑容呼喚我。

「叫我一誠就可以了。」

聽到我的話，九重便滿臉通紅、忸忸怩怩地問我：

「……一誠。你、你還會再來京都嗎？」

「啊啊，我還會再來的。」

嗶嗶嗶嗶嗶。

發車警示聲在月台響起。九重對著我大喊：

「一定喔！九重隨時都在這裡等你！」

「好，下次我會帶所有人一起來。到時候你要帶我們參觀裡京都喔？」

「嗯！」

看著我們交談的八坂也開口：

「阿撒塞勒大人、赤龍帝大人，以及各位惡魔、天使、墮天使，真的非常抱歉。我要向你們道謝。接下來我打算和魔王利維坦陛下，還有鬥戰勝佛大人進行會談。希望我們能夠共同朝好的方向發展。我打算建立合作態勢，再也不會讓那種恐怖分子使得京都陷入恐懼之中。」

「好，拜託你了，大將。」

老師也帶著笑容說道，和八坂握手示意。這時利維坦陛下也把手搭了上去！

「呵呵呵，你們先回去吧☆我等一下還要和八坂小姐還有猴子老爺爺一起在京都好好享受呢☆」

利維坦陛下看起來也很開心。利維坦陛下接下來要留在京都，正式和妖怪方面談判。

說完話的話我們搭上新幹線。

九重在月台上對我大喊：

「謝謝你，一誠！大家再見了！」

九重對我們揮手，我們也向她揮手。

噗咻——新幹線的車門關閉。開車之後，九重依然在揮手。

——京都。四天三夜的旅程。

從出發到今天的時間雖然短暫，卻發生了很多事。清水寺、銀閣寺、金閣寺、嵐山、二條城……除此之外，我也得到許多美好的回憶。

下次再來吧。來這裡見九重和八坂——下次要和社長還有所有人一起來——

……啊。這時我想起一件事。

「我忘記拜託八坂讓我看她的胸部做為謝禮了————！」

沒錯！這也是我那麼努力的目的！發生太多事害我忘記初衷了！可惡！這一定也是因為京都的氣氛讓我變得不太對勁導致的！

「嗚哇————！九尾的胸部————！」

我緊貼著車門，發出悔恨的吼叫——

從京都回來之後，我們在兵藤家的房間裡聽社長訓話。

我們全都跪在地上。愛西亞、潔諾薇亞、木場，不知為何連伊莉娜也在這裡和我們一起反省。羅絲薇瑟因為舟車勞頓，剛回到家就在自己的房間睡死了。看來她的身體狀況很糟。畢竟老師的工作相當繁忙，而且她又醉到嘔吐……

社長以冰冷的眼神質問我們：

「為什麼沒通知我？──雖然我想這麼說，我們這邊也有吉蒙里領發生的事件要處理。可是蒼那知情喔？」

「這、這是……」

整件事我們已經說明過了。可是朱乃學姊和小貓似乎還是有點生氣。

「我明明打了電話給你，真希望你那時可以稍微跟我說一下……」

「……就是這樣。太見外了。」

「可、可是既然大家都平安回來……」

加斯帕──────！你在幫我們求情！真是個好學弟！

「哎呀，因為一誠在那邊有了新的女人。」

坐在椅子上的老師冒出這麼一句令現場更為混亂的話。他突然說些什麼啊！

「而且還是九尾的女兒。」

他是指九重嗎!喂喂喂!

「才不是!真是的,老師的說法會讓大家誤會!」

「可是見過八坂之後,你不覺得她將來應該也是個巨乳美女嗎?」

……我妄想一下未來的九重。唔,嗯,感覺胸部會很大。

「……或、或許是這樣沒錯。但是!我對小孩子沒興趣!」

叩!小貓揍了我一拳!

「唔!……為什麼……?」

「……就是想揍你。」

這、這樣啊……我實在不懂小貓大小姐在想什麼……

「算了算了,莉雅絲。一誠也在那邊達成戲劇性的強化,妳就放過他吧。」

老師總算幫我說話。

社長也嘆了口氣,點頭認可這一點:

「也對,這是讓我很高興……可是突然把我召喚到京都,胸、胸部……」

社長紅著臉,越說越小聲。

她是在說那個時候的事吧!我也嚇了一跳!大家聞言一開始也是難以置信,是德萊格邊哭邊說明，大家才大致理解。

那的確是很難以置信的發展！社長的胸部已經變回原樣，沒有發光。那個現象真的很叫人吃驚……原來胸部是會發光的……

順帶一提，因為我而不幸變成色狼的人已經全都妥善處理，恢復正常生活了。各位，真的非常抱歉！

老師鄭重地對我說：

「我認為你選擇力量的方向很正確，一誠。你的對手——瓦利選擇的是窮究『霸龍』(juggernaut drive)之力，試圖成為天龍中真正的霸王。如果你選擇和瓦利一樣的道路，也只會像舊魔王派的襲擊那時一樣，遭到霸之力吞沒吧。一誠，你別選擇霸道，走上王道吧。既然你未來想當『國王』(king)，這樣正好。」

王道啊。原來如此。

反正我就算模仿瓦利，大概也追不上那個傢伙。只能以現在的方式前進了。

朱乃學姊好像想起什麼，輕輕拍了一下手開口：

「對了，聽說『乳龍帝胸部龍』好像要正式在妖怪世界播出囉——你又要變得更出名了，一誠。」

「真的嗎！啊——事情好像變得越來越不可收拾了……我還是覺得很不真切。」

我的特攝節目越來越誇張了。這次是進軍妖怪世界。

潔諾薇亞不住點頭：

「總有一天，一誠會變成全世界孩子們的英雄吧。嗯，或許不久之後你就可以出人頭地、實現夢想了。」

潔諾薇亞的話讓我不禁偏頭：

「是嗎？我倒是沒有受到女生喜愛的感覺……再這樣下去，我不會在後宮裡受到女生包圍，而是被小孩子包圍吧。」

正當我訴說感受時，老師好像想起什麼，「啊。」了一聲。

「這麼說來，聽說菲尼克斯家的女兒會在校慶之前轉學到駒王學園喔？」

——！除了社長和朱乃學姊、小貓、加斯帕以外的人，聽見這句話都嚇了一跳！

「蕾維兒嗎？真的假的！」

聽到我的疑問，老師繼續說下去：

「沒錯，好像是受到莉雅絲和蒼那的刺激，所以說她也想來日本學習。學年應該是一年級吧。聽說手續已經辦好了。和小貓同學年啊，貓和鳥感覺好像會處不好……不過觀察這樣的相處也很有趣。」

「……這種事不重要。」

老師那麼一說，小貓便以聽起來很不開心的聲音回應。咦？小貓討厭蕾維兒嗎？這麼說來，我好像沒看過她們聊天。妳們是同年級，要好好相處喔。

「可是她為什麼會突然想轉學過來呢？」

面對我的問題，老師擺出一副意味深長又色瞇瞇的表情看著我。

那、那是什麼表情……

「大概就是那麼回事吧。莉雅絲真是辛苦啊。」

老師此言一出，社長——不只是她，所有女生都露出複雜的表情。

「……回來之後還是無法放心呢。」

愛西亞的語調變得好低！

「妳要忍耐，愛西亞。要和這個傢伙交往同時也代表忍耐。我最近開始體認到這件事。」

「對啊……看來我也要忍耐才行囉……？」

潔諾薇亞和伊莉娜也喃喃說著意味深長的發言！

「比起忍耐，我更想專注在進攻。」

朱乃學姊露出挑釁的笑容！

我、我不懂這是怎麼回事。蕾維兒又不是什麼壞孩子……

社長嘆了口氣，苦笑說道：

「好吧。既然大家都平安回來，就到此為止吧。詳細情形我晚一點會透過葛瑞菲雅詢問兄長大人。」

啊啊，她的心情終總算變好了……

社長鄭重對我們說道：

「那麼校慶馬上就要到了。你們不在的這段期間，我們也做了不少準備，不過接下來才是重頭戲。而且——」

社長一臉認真地說下去：

「還有對抗塞拉歐格之戰。據說這是排名遊戲新生代交流戰的最後一戰，但是絕對不可以掉以輕心。這件事也要正式開始準備。」

「是！」

大家都大聲回應社長的話！

沒錯，校慶固然重要，但是對抗塞拉歐格之戰也很重要。

「一誠同學，等到體力恢復之後，可以跟我對練嗎？我在京都深深感覺到自己有多麼沒用。我想借重你的力量。」

「可以啊，木場。在遊戲的日子來臨之前，又要反覆進行模擬戰鬥了。」

我也要繼續和木場一起訓練。

不知道這股新的力量對那個人有沒有用，真想早點嘗試。而且我也得讓那個狀態下的「皇后(queen)」覺醒才行。要克服的事很多。新的力量能不能用在遊戲當中也是個問題……

「可是我一定要和社長還有大家一起獲勝！」

我再次下定決心。

——我一定要贏過塞拉歐格！贏給所有人看！

Boss × Boss.

「瑟傑克斯，我把我們這邊得到的英雄派資料傳過去給你。神器(sacred gear)——其中有三個上位神滅具(longinus)。還有禁手(balance breaker)大放送。他們甚至試圖呼喚偉大之紅，而且好像還有其他的計畫和王牌。那些可惡的恐怖分子。」

『畢竟他們有「破壞惡魔和妖怪並肩作戰的關係」作為號召嘛，阿撒塞勒。姑且不論中心成員有什麼陰謀，對於組織底層的人來說，這確實是個再好也不過的「正義」理由。這也造成包圍京都的各個勢力部隊受到相當大的損害。「魔獸創造(annihilation maker)」的反制怪獸固然是原因之一，對手陣營中有許多能夠使用禁手(balance breaker)的人也使得戰況比預期中的還要艱困。』

「站在人類的角度來看，惡魔、墮天使、妖怪都是敵人——都是怪獸。促使他們付諸行動的契機大概是三大勢力的和議吧。光是惡魔和墮天使和睦相處，就已經對人類造成很大的震撼了，結果連天界都和惡魔以及墮天使達成和平協定，即使有人類會認為『連天都背叛我們』而產生危機意識與憤慨也不奇怪——對了，和妖怪的和談進展如何？」

『這件事進行得很順利。他們下次好像想和墮天使方面談判。』

「這樣啊，看來我可以順利參加歐穆赫撒一直想促成的對談了。還有，你知道帝釋天派遣初代孫悟空和玉龍到各地嗎？這次他們也跑來當我們的幫手。」

『現在聖經裡的神已死，天帝──帝釋天和宙斯算是兩名具有頂級實力的神佛。要是祂獨自行動導致被聖槍從背後偷襲的話，各個勢力之間的均衡關係將會再次瓦解。派初代去對付那些恐怖分子應該是最佳手段吧。』

「不過真沒想到我們的敵人會是英雄──人類啊。我們是注定被勇者的隊伍打倒的最終頭目嗎？還是隱藏頭目？」

『人類永遠都是最脆弱又最可怕的存在。』

「是啊──還有一誠他們又在京都立下戰功了。這下應該鐵定會升格吧？」

『嗯。他們的功勳已經相當足夠。根據下次遊戲的結果，我打算推舉他們。』

「──對抗塞拉歐格之戰啊。塞拉歐格對付恐怖分子的戰功也不少。」

『目前新生代當中有此功勞的只有巴力、阿加雷斯、吉蒙里、西迪而已，其中能夠對付幹部等級的敵人，更只有塞拉歐格和莉雅絲的眷屬。也因為這樣，大家對於雙方眷屬的期待也很大。』

「他們已經不比職業的上級惡魔遜色了。」

『是啊，正式加入遊戲之後，他們都可以在短時間內取得頭銜吧。而且在吉蒙里的相關人士當中，有不少人不只關注莉雅絲，也開始期待一誠未來在遊戲當中的表現。身為大舅子，我真為他感到驕傲。』

「這麼快就開始炫耀妹婿啦？真是的，又是魔王又是哥哥又是大舅子，你的立場還真是複雜。」

『我很開心呢。一誠和莉雅絲對我而言是希望。將來我也想繼續守候他們的成長。不過……』

「怎麼了？」

『……阿撒塞勒，我問你一個問題——莉雅絲、莉雅絲的胸部到底是什麼？』

「莉雅絲的胸部在這次的事件中超越極限，好像進入第二階段了——因此莉雅絲變成了超級開關公主。」

『這樣啊……看來胸部龍的周邊商品也該進入下一個階段了……』

「你的商人精神越來越堅強了……那麼一誠的新能力可以在遊戲當中使用嗎？我稍微看了一下，那個能力相當有意思。」

『其他高層都說沒關係，說這也是種樂趣。再來就看塞拉歐格的意見了……不過我想他恐怕——』

Vali Lucifer.

「——以上便是我的聯絡事項，瓦利大人。」

『好，有勞妳了，勒菲。把初代孫悟空和玉龍帶到那個空間的任務，妳做得很好——對了，兵藤一誠怎麼樣啊？』

「很棒！能夠見到我最崇拜的胸部龍，我好感動！」

『……這樣啊。好吧，妳開心就好。』

「還有一件事。初代大人好像在找瓦利大人和美猴先生。」

『看來不久之後可能就會碰到他們了。再怎麼說，要甩開初代都沒那麼簡單。不過……潛入神器（sacre gear）當中啊。兵藤一誠和歷代的持有者接觸了嗎？』

「瓦利大人？」

『說服這招實在不符合我的個性——讓歷代前輩們受我支配感覺比較困難也比較有趣。曹操，你最好趁還能下手的時候趕緊動手——在我和兵藤一誠成長到你無法對付之前。』

Bael.

「塞拉歐格，你聽說了嗎？」

「什麼事，絲格維拉．阿加雷斯？」

「據說莉雅絲．吉蒙里的赤龍帝又覺醒了新的力量。」

「那真是太棒了。這樣啊，終於到來了。真是令人期待。」

「但是我也聽說那在遊戲當中是近乎犯規的能力。」

「不成問題。我全部接受。」

「我還聽說阿傑卡．別西卜陛下也給了他特別待遇。」

「我一點也不在乎。」

「他可是有可能成為瑟傑克斯．路西法陛下的妹婿的男人喔？」

「那麼正是值得我揮拳的對手。」

「他可是強到對付英雄派的首領——和那把聖槍交戰之後依然能活下來。」

「那當然。要是他不遵守我們之間的約定，我就傷腦筋了。沒錯吧，兵藤一誠！」

Heros.

「京都的計畫雖然失敗，但是另外一個計畫的調整又更進一步了。不久之後應該就可以呈現在眾人面前了吧，曹操。」

「這樣啊，那真是太好了，齊格飛。」

「按照計畫，我拿走一個──曹操也要用嗎？」

「我只要有這把槍就夠了。」

「──那麼被赤龍帝弄傷的那隻眼睛呢？」

「……不行，已經完全看不到了。呵呵，真是太失敗了。」

「沒想到你會故意不用不死鳥的眼淚……那麼我幫你準備替代的眼睛吧。你遲早會要他為那隻眼睛付出代價吧？」

「怎麼可能，我又不是什麼三流的壞人。這對我來說只是學到一課。眼睛的傷就當作是紀念──兵藤一誠和瓦利對我來說是最棒的二天龍。真是太令我高興了。」

後記

我是在本月邁入三十歲的石踏。最近食量也變小了。大概是老了吧……

第九集是間隔約九個月的主線故事，我也有種把積存已久的東西全部發洩出來的感覺，越寫越起勁，書也跟著變厚了。終於和英雄派展開正面對決！戰鬥場面偏多，我寫起來也很開心！

我是在一年前去京都取材。其實我從來沒去過京都。小學、國中、高中總共三次教學旅行去的全是福島，簡直就是奇蹟。總之我去了一趟京都，那裡的東西都很好吃，名勝古蹟也都很美，古都真是個好地方。

第三章的開端第七集是北歐神話篇，這集則是京都妖怪篇。

本集中以妖怪頭目的身分登場的是九尾狐！不過她有所表現的機會大概只有這次……關於妖怪頭目的部分稍有變動。我原本的打算是用酒○童子大人來當頭目，但是聽說「惡鬼不太好」所以換掉了。據說書中出現惡鬼會發生可怕的事……

而Ｄ×Ｄ的雛型企劃當中有個「九尾狐公主嫁到身為陰陽師的主角家裡」，於是心想就用那個好了。這個題材幾經波折之後變成現在的惡魔，結果寫到這裡居然以不同的形式把原本的題材丟出來了！

禁手(balance breaker)大放送的第九集。在和みやま零老師與責編先生的三方會議當中，我因為「不知道禁手(balance breaker)大放送可不可行？」而煩惱時，他們兩位都豪邁地說「Ｄ×Ｄ即使有點通貨膨脹也能繼續往前衝！」表示肯定。托兩位的福我才能放手寫下去。

一誠也終於強化了！不同於「霸龍(juggernaut drive)」，只屬於他自己的新赤龍帝之力開始覺醒。身為強化的契機，社長身上也發生相當不得了的事。閃耀光輝的胸部！進入第二階段！社長的胸部會發光呢。

「赤龍帝的三叉升變(illegal move triaina)」的「主教(bishop)」版的加農砲是みやま老師的主意。老師在我想不出「主教(bishop)」的形態時給我這個好點子，才決定在雙肩裝上加農砲。意象大概是近似鋼○ＤＸ的衛○加農砲吧。

「城堡(rook)」的拳頭則是來自BIG○的瞬○衝擊拳。在活塞的撞擊之下可以提升攻擊的威力。

「騎士(knight)」的印象則是假面○士KA○TO的CAST OFF→CLOCK UP，或者是WI○D

WUE〇GER的VICT〇M BE〇K之類的。

在力量解放狀態下升格為「皇后（queen）」時，一誠又會變成怎樣呢？歷代最強的兩位赤龍帝雖然認同一誠，但是其他的赤龍帝前輩至今仍不願聽他說話，依舊抱持負面情感。一誠能夠解開他們的詛咒嗎？敬請期待！

這次我試著以教會三人組為中心擴展劇情。愛西亞當然不用說，潔諾薇亞也對一誠發動攻勢，終於連伊莉娜也淪陷了……！順利攻陷信仰虔誠的她們，我們的胸部龍將進擊到何種境界呢……

然後羅絲薇瑟也大放異彩……應該！這次大鬧一場的她，和莉雅絲、朱乃又是不同定位的大姊姊，請大家多多愛護她！由於她吃過不少苦，偶爾放鬆一下就會變成那樣。雖然比較嚴厲正經，基本上是個非常好的人。

瓦利隊方面也有魔女勒菲和魔像戈革瑪各登場。這樣白龍皇的隊伍也到齊了。這次只是出來露個臉。第六集當中，瓦利在次元夾縫中行動，當時也是在找戈革瑪各。

雖然角色又變多了，但基本上只要掌握吉蒙里眷屬、伊莉娜、德萊格、阿撒塞勒、瑟傑克斯、瓦利，應該就沒問題了。故事大致上都是以他們為中心進行。剩下的都是些串場角色和敵方角色。

再來是關於英雄派。他們是人類。在D×D的寫作過程當中，我想到一個問題。在惡魔、墮天使、天使建立起合作體系的過程中，對於這件事最受威脅的會是哪個陣營？我想應該還是人類吧。在不明就裡的情況下聽到「惡魔和墮天使連成一氣了！」應該會覺得很可怕吧。算是RPG當中勇者打倒魔王、惡龍這種王道路線的相反。不過曹操等人另有企圖……這個部分也和瓦利有關。

英雄派的作法相當狡詐，使得一誠等人的教學旅行遭到妨礙，真是太可憐了。不過到頭來一誠也成功強化，在京都也玩得很開心，就結果來說應該OK吧？

龍王方面，五大龍王之一——西海龍童（Mischievous Dragon）玉龍也和初代孫悟空一起登場了！他就是在西遊記當中和悟空一行人一起旅行的馬。真實身分也和原作一樣是龍。

共有十三種的「神滅具（longinus）」是否會全數登場，仍是未知數。目前只有設定。赤龍帝的手甲（boosted gear）和白龍皇的光翼（divine divide）是在攻防等方面綜合來看都相當均衡的神滅具（longinus）。絕霧（dimension lost）和魔獸創造（annihilation maker）則是使用者夠強的話，可能造成世界危機的危險武器，有很多像這樣超乎尋常的東西。

關於黃昏聖槍（true longinus）還要保密。姑且不論長槍本身，曹操倒是有點容易掉以輕心。

哎呀哎呀，說到第九集的小字（標音）還真多。即使是在進一步推展神器（sacred gear）方面的設定，命名方面也讓我相當辛苦。因為還得想禁手（balance breaker）狀態的名稱。

書中也有提到神器(sacred gear)還存在所謂的亞種。

以下是答謝部分。みやま零老師、責編先生，這次也讓你們費心了。

各位讀者，感謝你們的支持鼓勵。漫畫版第一集應該快要上市了，也請大家多多支持負責漫畫化的みしま老師以及漫畫版！有些胸部只能在漫畫版當中享受得到！連載方面也從《DRAGON MAGAZINE》轉往《DRAGON AGE》。每個月都看得到喔！

下一集，對抗塞拉歐格之戰即將開始。本集是惡魔對外的故事，下次則是惡魔內部的故事。敬請期待一誠和塞拉歐格的氣勢之戰。

蕾維兒終於也要加入駒王學園了！如劇中最後所提到的，她是一年級。一誠的學妹又多了一個。

第十集是校慶篇。也要請大家多多關注一誠和莉雅絲的戀情發展！

Kadokawa Light Novels

絕對雙刃 1 待續

Kadokawa Fantastic Novels

作者：柊★たくみ　插畫：淺葉ゆう

唯有和搭檔之間擁有羈絆，才能攫取未來。
學園戰鬥就此揭開序幕！

「焰牙」——那是藉由超化之後的精神力將自身靈魂具現化所創造出的武器。我因為擁有這種千中選一的能力，進入戰鬥技術學校就讀。然而，在學園中被稱為「絆雙刃」的搭檔制度之下，必須和銀髮美少女・茱莉整天都在同一個房間裡度過……!?

台湾角川

NT$180/HK$50

Kadokawa Light Novels

喪女會的不當日常 1 待續

Kadokawa Fantastic Novels

作者：海冬零兒　插畫：赤坂アカ

就算沒人愛，
還是可以改變世界。

「讓校園生活更加充實、脫離頹喪的善男信女協會　社」，簡稱「喪女會」，目的是歌頌青春！成員有青春傻大姊千種學姊、化學實驗狂繭、暴力女有理、重度百合雛子，以及偽娘花輪廻。直到遇見那名少女，輪廻才發現自己其實一直過著「不當」的日常──

台湾角川

NT$190/HK$50

Kadokawa Light Novels

鳩子與我的愛情喜劇 1~2 待續

Kadokawa Fantastic Novels

作者：鈴木大輔　插畫：nauribon

《就算是哥哥，有愛就沒問題了，對吧》作者最新作！
求婚對象VS.青梅竹馬未婚妻！難為的愛情抉擇!?

為了能夠成為平和島財團的繼承人，平和島隼人每天都向女僕鳩子學習帝王學。但自從他對鳩子進行求婚，並從鳩子口中得知，青梅竹馬的杏奈其實是自己的未婚妻後，他的生活也變得更加混亂啦——誘惑無比的直球愛情喜劇第二集登場！

各**NT$180/HK$50**

台湾角川

Kadokawa Light Novels

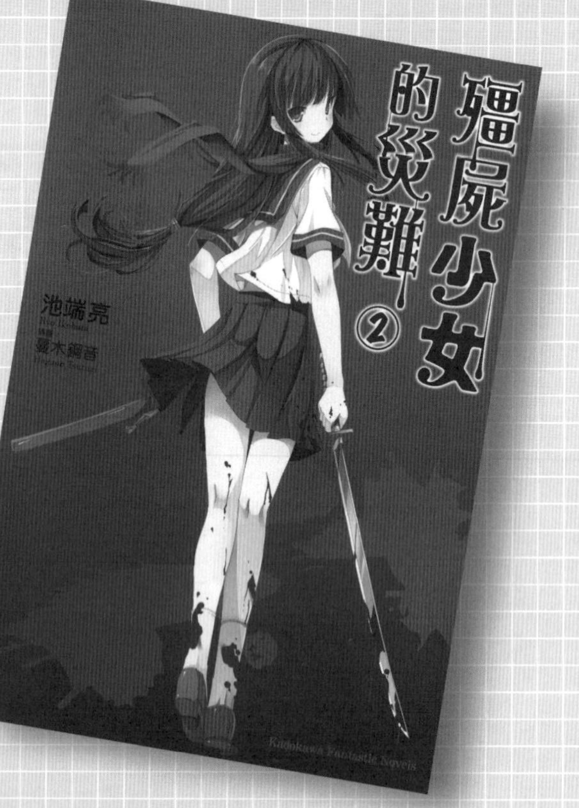

殭屍少女的災難 1~2

Kadokawa Fantastic Novels

作者：池端 亮　插畫：蔓木鋼音

不死之身的大小姐VS身手矯健的女中學生
超越人體極限的戰鬥就此展開！

我是楚楚可憐的侍女，艾瑪．V。從百年沉睡醒來的大小姐，發現秘石被偷走了。

其實我知道犯人是誰——只不過柔弱的我打不贏對方，這種野蠻的事還是交給大小姐吧。獻上既歡樂又血腥的奇幻輕小說！

各NT$160/HK$45

台湾角川

國家圖書館出版品預行編目資料

惡魔高校DxD. 9, 教學旅行是萬魔殿 / 石踏一榮
作 ; kazano譯. -- 初版. -- 臺北市 : 臺灣國
際角川, 2013.06
面 ; 公分. -- (Kadokawa fantastic novels)
譯自 : ハイスクールD×D. 9, 修学旅行はパン
デモニウム
ISBN 978-986-325-421-8(平裝)

861.57 102007775

Kadokawa Fantastic Novels

惡魔高校D×D 9

教學旅行是萬魔殿

（原著名：ハイスクールD×D9 修学旅行はパンデモニウム）

2013年7月26日 初版第1刷發行
2022年3月18日 初版第4刷發行

作者：石踏一榮
插畫：みやま零
譯者：kazano

發行人：岩崎剛人
總編輯：蔡佩芬
編輯：高韻涵
美術設計：黃永漢
印務：李明修（主任）、張加恩（主任）、張凱棋

發行所：台灣角川股份有限公司
地址：104台北市中山區松江路223號3樓
電話：（02）2515-3000
傳真：（02）2515-0033
網址：www.kadokawa.com.tw
劃撥帳戶：台灣角川股份有限公司
劃撥帳號：19487412
法律顧問：有澤法律事務所
製版：尚騰印刷事業有限公司
ISBN：978-986-325-421-8